shirokuma-tensei
シロクマ転生
—森の守護神になったぞ伝説—
1

サバイバルライフ――

森で始まる、ゆるゆる

「は……」
その光景を目にして頭が真っ白になった。
半裸に剥かれたルルティナ。
俺は世界に現存する怒りを体現するかのように、激しく咆哮した。

シロクマ転生

—森の守護神になったぞ伝説—

1

三島千廣

イラスト○転

口絵・本文イラスト　転

第一話

狩の季節

森は晩秋の影《かげ》を色濃《いろこ》く見せはじめていた。

ロムレス王国首都から北西に位置し遠く離《はな》れたヴァリアントの森に、その姉妹は肩《かた》を寄せ合うようにして暮らしていた。

「さ、ララもラナも喧嘩《けんか》しないで。早くキノコを集めないと日が暮れてしまうわ」

この国には亜人《あじん》という獣《けもの》を祖先とした種族が多岐《たき》にわたって分布していた。

年の離れた妹たちがじゃれあうのを引き離した少女の名はルルティナ。

今年で十六になるウェアウルフの少女だった。

ウェアウルフとは狼《おおかみ》の特質を身体《からだ》のあちこちに備えた亜人の一種である。

パッと見てわかるのは頭上に直立した犬と似通った耳。

それに臀部《でんぶ》から生えているしっぽだ。

ルルティナは五人の妹を連れて、来《きた》るべき冬に備え食料を集めていた。

十三歳《さい》のリリティナ

十歳のアルティナ
五歳の三つ子、ララ、ラナ、ラロ
ルルティナ本人を含《ふく》めて六人が家族を構成する人員である。

彼女たちは日差しがほとんど入らない樹木の下を這《は》うようにして探す。

かれこれ半日近くキノコ狩《が》りを行っていたが、姉妹が携《たずさ》えた袋《ふくろ》に詰《つ》められた山《やま》の幸《さち》は六人の胃袋《いぶくろ》を満たすには到底充分《とうていじゅうぶん》とはいえない量だった。

「姉さん。食べられるキノコが少ないわ」

リリティナが困ったように眉《まゆ》を八の字にしながら尾《お》をくるりんと丸めていた。

「困ったわね。思ったほど木の実も少ないし」

ルルティナは膝《ひざ》に乗りたがる三つ子たちをあやしながらふうとため息を吐《つ》いた。

姉妹たちの血色はあまりよくない。それもそのはずである。この森に逃《に》げ込んでひと月ほどになるが、一度たりとも腹いっぱい食事をとることができなかったのだ。

ルルティナたちは亜人といえど長い間平野で農耕と牧畜《ぼくちく》を主に行って暮らしていた。

よって、この父祖の地である森に逃げ込んでも生き抜《ぬ》く術である狩りの技術が稚拙《ちせつ》すぎてほとんど獲物《えもの》を捕獲《ほかく》することができなかった。

（ダメよルルティナ。不安な顔を見せちゃ。この子たちが心配するわ）

彼女《かのじょ》たちが両親と別れてこの森に逃げ込んだ理由は人間たちとのいくさに敗れたからであった。

この大陸に長らく覇《は》を唱えていた王国をロムレスという。ルルティナたちはかの王国から見れば辺境で蟠踞《ばんきょ》する無知《むち》蒙昧《もうまい》な蛮族に過ぎない。

いさかいは天地ができてから綿々と続き、そして近年決定的ないくさが起こった。

本来、ウェアウルフという種族は人間など比べものにならないほど剽悍《ひょうかん》で武勇にすぐれた一族である。

彼女たちは生まれつき、人間の数十倍の腕力《わんりょく》を持ち合わせ、耐久力《たいきゅうりょく》や瞬発力《しゅんぱつりょく》にすぐれており個々においては俎上《そじょう》に載《の》せることが馬鹿《ばか》らしくなるほどの戦力比があった。

だが、集団戦や武器の創造力、圧倒的《あっとうてき》な物資を誇《ほこ》るロムレス軍と長期的に戦えば結果は目に見えていた。

数に勝《まさ》る人間の兵たちはウェアウルフに奸計《かんけい》を用いた。

すなわち、一旦《いったん》講和を結ぶと見せかけておきながらその酒宴《しゅえん》の席に招いたウェアウルフ族における長老のほとんどを毒殺したのだ。

これにはルルティナの姉を賠償奴隷《ばいしょうどれい》として差し出していた父もとうとう堪忍袋《かんにんぶくろ》の緒《お》が切れた。

結果、決然と最後の決戦を行ったのち、そのほとんどを平らげられた。

聞くところによると、残ったウェアウルフの和戦派はロムレス側に服従することで一族の絶滅《ぜつめつ》を免《まぬが》れたらしい。

が、ルルティナには族長の娘《むすめ》としての矜持《きょうじ》があった。

唯々諾々と人間に首を垂れるわけにはいかない。

彼女は戦時の混乱に乗じて砦《とりで》から逃げ出し、西へ西へと向かい、ようやく祖先が暮らしていたという森にたどり着いたのだ。

（お父さま、お母さま。ルルティナは負けません。なんとしても、この子たちを立派に育て上げて見せますゆえ……だから、どうか力をお貸しください）

ルルティナは所詮《しょせん》はお嬢《じょう》さま育ちであった。長ずるまで蝶よ花よと育てられてきた彼女だ。裁縫《さいほう》や料理など人並みの花嫁修業《はなよめしゅぎょう》は行ってきたが、いざ原始そのものといった森に放《ほう》り出されればどうやって生きてゆくかはわからない。そこに少女の悲しみがあった。

「ねぇさま。おなかちゅいたよう」

「ララもー」

「ラロもー」

「ごめんねあなたたち。でも私たちのことは森の守護神さまが見守ってくれているわ。だから、きっと仕掛《しか》けておいた罠《わな》に獲物がかかっているはずよ」

ルルティナはひもじいのかギュッとしがみついて来る年少の妹たちをやさしく抱《だ》きしめると、無理をしてニッコリ笑って見せた。ルルティナの記憶《きおく》にある母はどれほど追いつめられた状況《じょうきょう》でも微笑《ほほえ》みを絶やさず自分たちを安心させてくれた。

必ず、なにがあっても生き延びなくてはならない。

そしてこの娘たちをひとりも欠けることなく大人になるまで育てなければ――。

抱《かか》え上《あ》げたララのあまりの軽さにルルティナはゾッとした。かつてはあれほどぷくぷくしておまんじゅうのようだった妹の頬《ほお》が悲しいまでに痩《や》せこけている。

「う。おなかいちゃいよう」

ララが目をギュッとつむってその場に座《すわ》り込んだ。お腹《なか》を押《お》さえている。素早《すばや》く気を利《き》かせたアルティナがラロを抱え上げると茂《しげ》みに連れて行った。

もう、何日もラロはお腹が下っている。

ロクに食べ物を口にしていないので体力がほとんど残っていないのだ。

森には冬の気配がチラホラ見えかけている。

ようやく人間たちの魔手《ましゅ》から逃《のが》れられたというのに、この森では憩《いこ》う場所すらないのだ。

だから、なんとしても今日こそ獲物を……。

手にしたナイフは手入れを怠《おこた》っていない。

罠を仕掛けてから数日経《た》った。

お願いします。今度こそと、ルルティナは祈《いの》るように油を薄《うす》く塗《ぬ》った光沢《こうたく》のあるナイフを構えながら、落とし穴のほうへと近づいていった。

期待を込めて落とし穴を覗《のぞ》き込む。

戦果は――ゼロだった。

「いないねー」

「いないよー」

ララとラロががっかりした声をあからさまに出した。ルルティナはよろめくようにして、すぐそばの木に手を突《つ》くと薄い唇《くちびる》を震《ふる》わせて小さくあえいだ。

そこまで過剰《かじょう》に期待していたわけではない。もしかしたら、小さなウサギくらいはかかっているのではないかと思っていたのだが、苦労して掘《ほ》った穴の底には寒々しい暗渠《あんきょ》が広がっているだけだった。

「これ以上ここにいたら日が暮れてしまうわ」

「そうね。残念だけど、戻《もど》りましょう」

リリティナが平時と変わらない口調で帰宅を促《うなが》してくる。とはいっても、森に逃げ込んだ彼女たちには定住している家など存在しない。運よく見つけた坑道《こうどう》の入り口付近で寝起《ねお》きするのが精一杯《せいいっぱい》だった。雨風をようやくしのげる程度であったが、ルルティナにはこの坑道でも天の恵みと思えた。

さいわいにも、ここのところ天気が崩《くず》れないおかげでなんとか暮らしていられるが、冬はもうそこまで迫《せま》っているのだ。姉妹たちに残された時間はわずかだった。

ルルティナも森を抜けて人里に下りてみることも考えなかったわけではない。

だが、依然《いぜん》としてここはロムレスの領地である。特に辺境伯《はく》であるコールドリッジは蛇《へび》のように執念深《しゅうねんぶか》い。ふもとの村まで追っ手を出していないとはいい切れない。

重たげな足どりで坂を上りはじめたとき、ルルティナの頭上に生えた犬耳が遠くから聞こえて来る確かな異音をハッキリと感じ取った。

「リリ、アル！　三人を連れて逃げて！」

「姉さん――？」

遅《おく》れてリリティナがハッと顔を歪《ゆが》めた。嫌《いや》というほど聞き慣れた軍馬の蹄《ひづめ》。ロムレスが誇る騎《き》馬《ば》兵の足音だ。

「そんなことできるわけないでしょうっ。姉さんひとりを置いてなんていけないわ！」

「私は大丈夫《だいじょうぶ》だから。ニンゲンたちを撒《ま》いたら昨日見つけた小川の傍《そば》で落ち合いましょう」

逡巡《しゅんじゅん》している暇《ひま》はない。

無口なアルティナがちょっと怒《おこ》ったような顔でリリティナの袖《そで》を引っ張った。

捕《つか》まった亜人の娘がどうなるかなど身に染《し》みてわかっている。現に姉はそうしてロムレスの奴隷《どれい》に落とされ、今は生きているかどうかすらわからない。

ルルティナにいえることは、父母のいなくなった今、姉である自分が身を捨ててでも姉妹たちを守らなければならないということだった。

「お願いリリティナ……！　姉さんを困らせないでちょうだい」

「ねぇさぁん……」

リリティナが顔をくしゃくしゃにして涙目《なみだめ》になった。しかし、今はそうしている数秒すら惜《お》しいと悟《さと》ったのか、リリティナはアルティナと協力して三つ子たちを抱えると、脱兎《だっと》の勢いで斜面《しゃめん》を駆《か》けあがっていった。

そうしている間にも軍馬のいななきは間近に迫っていた。ルルティナの鋭敏《えいびん》な嗅覚《きゅうかく》が濃《こ》い土と木々の香《かお》りを縫《ぬ》って、鉄と血臭《けっしゅう》の混じった悪意を嗅《か》ぎ当《あ》てる。

ウェアウルフは勇敢《ゆうかん》な一族だ。

たとえ女の身であっても無抵抗《むていこう》のままやられるわけにはいかない。

ルルティナは腰《こし》に提《さ》げていた山刀――大きく湾曲《わんきょく》した唯一《ゆいいつ》の武器――を抜き放つとさっ

と地面に耳をくっつけた。

六騎《き》――いや七騎だろうか。

これくらいの数ならばなんとかなるかも知れない。ルルティナは触《さわ》り程度であるがまったく武技を知らぬわけではなかった。生活術に劣《おと》っていても、部族のお家芸である刀術程度は修めている。

奴隷になった姉と違《ちが》って自分は戦場に出たことは一度たりともない。できれば戦闘《せんとう》などさけたかったが、このまま彼《かれ》らを森の中に引き入れてしまえば、遠からず自分たちが暮らした足跡《あしあと》を見つけ出されてしまうだろう。

（みんな……それにお父さまお母さま。そして森の神よ。ルルティナに悪鬼《あっき》と戦う加護をお与《あた》えください）

心気は定まった。ならば、あとは思い残すことなく戦うのみ。

少女はしっぽをぴんと逆立てると、勇躍《ゆうやく》軍馬の蹄が響《ひび》く位置へと自ら距離《きょり》を詰めてゆく。

藪《やぶ》を突っ切って身を低くして進む。間もなく木立の途切《とぎ》れた場所に、紺色《こんいろ》の軍装で身を固めた騎士《きし》たちと、遅れてやって来た十を超《こ》える歩兵を見た。

「本当に亜人の残党がいるという情報は確かなのか？」

「へえ。村の猟師《りょうし》がちらりとそれらしきものを見たといっていやした」

中年の騎士がごわごわとした口髭《くちひげ》を触りながら、案内人の猟師をジロリと睨《にら》みつけている。

いくさの常道からいって、馬上の騎士さえ倒《たお》してしまえば農民を無理やり徴兵《ちょうへい》して作った歩兵は雲を霞《かすみ》と逃げ去《さ》ってしまうだろう。

狙《ねら》うは馬上の大将首のみ。

歯の根がガチガチと細かくなった。ルルティナはスカートを翻《ひるがえ》しながら、ほとんど破れかぶれで雄《お》たけびを上げると口髭の男に襲《おそ》いかかった。

だんっと力強く大地を蹴《け》って飛翔《ひしょう》した。

「あ？」

呆《ほう》けたような男の顔が一気に近くなって――消えた。

ルルティナは馬上の騎士の横を素早く動くと、見事に素っ首を掻《か》き落《お》としたのだ。

騎士の顔が驚愕《きょうがく》の表情でぐるりと反転する。

どたっと地を打った鈍《にぶ》い音が鳴って、馬が竿立《さおだ》ちでいないた。

「て、敵襲《てきしゅう》――！」

殺し合いがはじまった。

男は剣《けん》を手にしたまま口元からあぶくのようなよだれを垂れ流していた。

茂みからウェアウルフの娘が飛び出して一刀のもとに部隊長を斬《き》り捨《す》てたときには驚愕した。

だが、一旦勢いを削《そ》がれて追いつめられてしまえば、娘の剣技《けんぎ》は酷《ひど》く拙《つたな》く、とても脅威《きょうい》とは呼べない代物《しろもの》だった。

「おうおうゲオルグ。なにやってんだよ、まだ捕まえらんねーのか？」

「そんなんじゃ初物はオレがもらっちまうぞ」

「うるせえっ。テメーらも見てねェでちっとは手伝ったらどうなんでぇ」

なるほど。はじめはあの戦乱から逃げ延びたウェアウルフの一族というからどれほどのバケモノかと思いきや、目の前で座り込んだまま震えているのはただの小娘《こむすめ》にしか過ぎなかった。

いいや。ただのというのはいかにも語弊《ごへい》がある。こんな僻地《へきち》では、いいや王都の娼館にだってそうそういそうもないとびきりの上玉だ。

ゲオルグはこの辺境で警備の任に就《つ》いて三年になる。土地の田舎臭《いなかくさ》い女は抱き飽《あ》きていたが、目の前で健気《けなげ》に抵抗《ていこう》を続ける少女は妖精《ようせい》かと見紛《みまが》うほどの美貌《びぼう》の持ち主だった。戦闘中に右足首を捻《ひね》ったのか立ち上がれないまま後方に這いずっている。

「おい小娘。ロムレス語わかるか？　あ？　怖《こわ》がらなくてもいいんだぜ？　こんな山ン中じゃロクな男もいねぇだろう。高名な騎士である俺《おれ》が直々にかわいがってやろうってんだ。本当はよう。欲《ほ》しいんだろう、これが。期待でぐっしょり濡《ぬ》れ濡れだろう。ひ、ひひひ。ちょっとその邪魔《じゃま》なものをめくってくれやぁ。なあ。うん？」

「無礼者──っ。それ以上近づいたら許しませんっ」

声もいい。ゲオルグは少女の瞳をジッと見つめながら、ゾクゾクと尻の穴が震えるほど興奮していた。

もはや娘を脅威と認めていない仲間たちは観戦モードに入っている。結局のところ、殺されたのは最初に首を落とされたサザーギン部隊長ただひとり。

いや小娘もよくよく頑張《がんば》ったほうである。なにせ騎馬乗りの騎士と歩兵を合わせて七人も傷つけたのだが、抵抗はそこまでだった。

いいや、むしろゲオルグからいわせてもらえば、ことあるごとに僻地コンプレックスをぶつけて来る傲慢《ごうまん》の塊で、礼というものをまるで知らぬ田舎育ちのサザーギンを綺麗《きれい》に殺ってくれたということは、少女に対して感謝の念しかない。

「来ないで、来ないでくださいっ」

悲鳴を上げながら手にしたナイフをぶんぶんと振《ふ》る少女。長い裾《すそ》が捲《まく》れて、輝《かがや》くような白い脚《あし》がチラリと見えた。

もう、たまらぬ。

ゲオルグとしては娘を連れ帰って念入りに調教してやりたいくらいだった。彼女も今は尾羽《おは》打ち枯《か》らした粗末《そまつ》な格好だが、街でそれなりに誂《あつら》えてやればさぞ映《は》えるだろう。

獣人娘は締《し》まりが格別いいと聞く。豪奢《ごうしゃ》なドレスを着させて、羽毛《うもう》の入ったベッドで組《く》み敷《し》くのも悪くはないが、ものごとははじめが肝心《かんじん》だ。こうして草生《くさむ》す野山で徹底的《てっていてき》に犯してやれば従順な気持ちにならざるを得ないだろう。

それが大国ロムレスに逆らった亜人風情《ふぜい》の辿《たど》るべき運命と千年前から決まっている。

「その黒髪《くろかみ》と黒目、たまらねぇ。たまらねぇぜ。汚《けが》し甲斐《がい》があるってもんよ」

ぐひひと目を血走らせてずいと近づくと、娘が無茶苦茶にナイフを振り回し出した。

厄介《やっかい》な山刀はすでにこちらの手の中にある。少女には万が一の奇跡《きせき》も起きない。

「カミサマ」

馬鹿な娘だ。祈っても無駄《むだ》だということを未《ま》だ知らないご様子ときた。ゲオルグは、今まで何度もこうやっていくさに敗れた辺境の娘たちを力で蹂躙《じゅうりん》してきた。

今後もそうするつもりであるし、考えを変えるつもりはない。

ロムレスの騎士である自分には、惰弱《だじゃく》で愚《おろ》かしい人間未満なケモノたちを従え導く責務がある。

「安心しろ、今日から俺こそがおまえの神だ」

飛びかかる瞬間《しゅんかん》を狙ってずいと前に進み出たとき。

男は突如《とつじょ》として大気を割って轟《とどろ》いた神の雄叫《おたけ》びを耳にした。

第二話

強くてニューゲーム

なぜ山に登るのかと聞かれてもそこには理由などたぶんない。

いうなればこの俺に課せられた宿命である。

とかく山という崇高《すうこう》な主題は身命を賭《と》して取り組んだことのない人間にはわからない。

山とはそういった業《ごう》の深いものだといわざるをえない。

好き好んで深夜に数時間ステアリングを握《にぎ》って移動し。

連日の残業で疲《つか》れ切った身体に鞭打《むちう》って尋常《じんじょう》でない傾斜《けいしゃ》を踏破《とうは》していく変わり者。

だが、それのなにがいけない。

あえて問いたい。君はなぜ登らないのかと。

そこに山があるのにもかかわらず。

ある武士は狩猟《しゅりょう》、すなわち生物の命を奪《うば》う行為《こうい》は酒色より遥《はる》かに素晴《すば》らしいといい切っているが、山の魅力《みりょく》は個人的にはそれよりも中毒性があるといえる。

道具ひとつにしても、かけようと思えば数百万単位でかけることができてしまう。

背負《せお》うザックひとつにしても、新作に胸躍《おど》らせ、生きている間に使い切れない――それこそザック屋でも開くのかと思われるほど数を集めるマニアは無数に存在する。

山ヤからいわせれば、それらの道具は実に蠱惑的《こわくてき》なのだ。

ある種美女の裸身《らしん》なんぞよりはるかにそそるそれらには抗《あらが》いがたい魅力が備わっている。

だが、それら無数のアイテムを身に着け縦横無尽《じゅうおうむじん》に山野を駆け巡《めぐ》る興奮は登った人間にしかわからないのだ。

身体は確かに疲れる。山とは基本的に苦行そのものだ。

数十キロに達する道具を担《かつ》ぎ、頂上を目指す人たちにとって山とは現実から切り離された異世界そのものだ。

ぼんやりとそんなことを考えながら目を開けた。

記憶が判然としない。

俺は痺《しび》れたような身体を軽く身震《みぶる》いして視界に映る木々をジッと網膜《もうまく》に捉えた。

確か厳冬期の奥穂《おくほ》を目指して単独行を行っていたはずだ。

夜が明ける前に上高地を出て岳沢小屋《だけさわごや》を左に折れて天狗《てんぐ》のコル、コブノ頭、ジャンダルム、ロバの耳を通過し、昼には奥穂頂上へと至った。

天気は快晴。

目に染みるような空の青さで頭がおかしくなりそうだった。

「そう。そうだった。くそ、あんなところでヘタこいちまうとは」

穂高岳山荘《ほたかだけさんそう》へと下る直下でこともあろうに滑落《かつらく》するとは。

意識が途切れたのはそこだった。

かつて山で死ぬなら本望《ほんもう》だと知人に語って見せたが、いざ九死に一生を得たとなると自分の傲慢さが恥《は》ずかしい。

俺はよっこいしょと身を起こすと、なんだか自分の身体が自分のものではない気がしてふと異様な心持ちになった。

「つーか、ここはどこよ？」

落ちたのが雪の上だとしても痛みひとつないのはおかしい。

というか、あたりにはあれほどあった雪がカケラも見つからず、まるでまったく違う山系に迷い込んでしまったような気さえしてきた。

「もしかして、滑落したあと春になるまで気を失っていたとか……はは」

笑い話じゃねぇし！

というか、さっきからチラチラ目の前にチラつく白いものはなんなんだろうか。

俺はさっと自分の手を上げてしげしげ見ると、それがどう見ても人間の掌《てのひら》ではないことに気づき、喉《のど》から絶叫《ぜっきょう》をほとばしらせた。

ぐおう
と。まるで山が割れんばかりの熊《くま》の雄叫びを耳にし身体を硬直《こうちょく》させた。

咄嗟《とっさ》に立ち上がって身構えた。クマ！　まさかクマなんて？

山を数十年やっていても会わない人間は会わないといわれているのがクマである。

山域的にいって北アルプスにはツキノワグマしか存在しえないだろうが、今の雄叫びは
この世の生物とは思えないほど腹にずしんと来る響きだった。

「というか、なんだ？　俺はいったいなにがどうなってんだ――！　落ち着けっ」

動揺《どうよう》したまま自分の身体をぱっぱっとまさぐる。

おかしい。

俺の身体は確かに毛深かったが、ここまでもふもふはしなかった。

というかこの肌触《はだざわ》りは長毛種の大型犬のような触り心地《ごこち》である。

ひくひくと鼻孔《びこう》を蠢《うごめ》かすと、なぜだかわからないがこの近くに水があると確信できた。

立ったまま走り出すが、どうにもバランスが悪い。

どこか怪我《けが》をしたのかと思ったが、現実を直視するのも恐《おそ》ろしいので目を開けられない。

ぎゅうと目をつぶったまま遮二《しゃに》無二《むに》駆《か》け抜けた。

――そして直視した。抗うことのできない現実と。

「クマ……シロクマ？」

池に映ったそれは、俺が毎朝鏡の前で顔を合わせていた久間田熊吉《くまだくまきち》その人ではなく――どこからどう見ても純白な体毛を輝かせたシロクマそのものだった。

「ちょっと待った。一旦落ち着こう」

喋《しゃべ》っている。口をパクパクさせたクマが人語を操《あやつ》っているのだ。

池に映った姿を見れば、少なくとも体長は二メートルを超えている。寒冷地でもない山の中にホッキョクグマがいるということ自体が謎《なぞ》であるが、大きさからしてツキノワグマの変異体というわけでもなさそうだ。

クマとは江戸《えど》時代の国学者である多田義俊《ただよしとし》が記した一六二四年の「和語日本声母伝」において「暗くて黒い物の隅《すみ》をクマと言うから、黒い獣の義」とある。

いや、それは関係ないか。

ともかく今の俺はシロクマさんなんだ。紛《まご》うことなく。

――俺は池の前に座ったまま、どれくらいそうしていたのだろうか。

腹がぐるうと鳴って唐突《とうとつ》に激しい空腹を覚えた。

山で死んだら獣になって思うさま野山を駆け巡りたいと願ったことがなくもない。

だとすると天におおわしますカミサマが俺の願いを聞き届けてくれたというのだろうか。

あの滑落事故で谷を転げ落ちたのなら到底《とうてい》助かるはずもない。

だが、ポジティブに考えてみよう。このホッキョクグマの身体は食物連鎖《れんさ》のピラミッドにおいてはほぼ頂点に属するものだ。

羽虫やゲジゲジに生まれ変わるよりよっぽどついていたと思えばカミサマも粋な計らいをしてくれたと感謝こそすれ恨《うら》むのは筋違《すじちが》いってもんだ——。

生きるのだ。ここがどこかはわからないが、一個の山の生物として。

それが俺に託《たく》された人生ならば、熊として生きられるだけ生きてみよう。

俺はガキの頃《ころ》から頭はよくなかったが切り替《か》えることに関しては上手だった。

「うし。やるか」

頬を両手でぱしぱしぶっ叩《たた》いて立ち上がった。

まず最初にやることは、この腹を満たすことだ。

すでに俺は人間ではない。山という世界に生きる獣に過ぎない。

だから、かつて人間だった頃のように社会的なセーフティーネットに頼《たよ》ることはできないし、してはならないのだ。

エサは自分の手で狩《か》って自分で食欲を満たす。

とはいえ、野生生物初心者であるこの俺になにができるだろうか。クマは雑食性の生き物だ。木の実や動物の肉、草の葉などおおよそ口にできるものはなんでも食すはずである。池に映った自分を見るとたぶんクマとしては成年に達しているだろう。ヒグマであるならば母グマに幼少期からくっついて生存に必要な狩りや生活のイロハを自然に教えられるのであるが、ここからはひとりでやらなければならない。

山ヤとして一般人《いっぱんじん》よりはアウトドアに関する技術は多く有していると思うのだが、実際こいつが現場でどれほど役に立つかはわからない。

さいわいにも熊の身体であっても人間の思考能力がある。これが純然たる獣のままであったらノウハウ無しに身体だけデカいでくのぼうであり、すぐのたれ死ぬのが普通《ふつう》だが、ここはラッキーと思っておくべきだ。

とりあえずここから移動してみよう。場所などもよくわからないが、下手に人目に触《ふ》れればアルビノの珍獣《ちんじゅう》として捕獲され動物園に囚《とら》われの身となるかも知れない。

自由を奪われ虜囚《りょしゅう》として生きるなどまっぴら御免《ごめん》だ。

「警戒《けいかい》。とにかく警戒しよう。というか俺、言葉喋ってるじゃんっ」

やばすぎる。このままじゃUMA《ユーマ》確定だ。

あ、UMAってのは未確認巨棲生物ってことだ。ニューネッシーとか、シーサーペントとかモンゴリアン・デスワームみたいなモンスターのことだ。

って、俺は誰に説明してるんだ。落ち着け、落ち着け。かなり混乱してるぞ。

人語を介《かい》しているなどと知られれば、研究機関に送られ脳を解剖《かいぼう》されてしまうかもしれない。

「なるべく言葉は使わないようにしよう」

濃い緑の木々を縫って歩く。そういえば普通に二本足で歩行しているな。腕《うで》も微妙《びみょう》に長いし、ちょっとバランスが悪いような気がするが。

俺は指をワキワキ動かし落ちている枝を掴《つか》んでみた。指先にはそれなりに丈夫《じょうぶ》そうな爪《つめ》が生えているが、この程度ならなんとか細かな作業も可能そうである。

ここはホッとするべきなのだろうか。なにか、ひとつ確認《かくにん》するごとにドンドン人外のケモノであることを再認識《さいにんしき》しているような気がしないでもない。

首を振りあたりを警戒しつつ森を抜け小川に出た。

ほー。冷たくて気持ちよさそうだねぇ。

俺は人間をやめたことを忘れ、大きな石に腰かけると涼《すず》やかな清流のせせらぎに耳を澄《す》ませ豊かな自然の美を満喫《まんきつ》していた。木々を見れば真っ赤に色づいている。俺が穂高《ほたか》を目指していた一月とは違って、季節は秋らしい。流れにはすいすいと泳ぐ山魚の影がチラホラ見られた。

「魚、取ってみるか」

そういえばムチャクチャ腹が減ってたんだよなぁ。

自然の獣であれば空腹を満たすほか物事を考察したりしないのであろうが、そこは知性あふれる元人間である。

よくテレビとかでやっていたアレだ。

野生のヒグマが川に入ってサケを取るアレである。

俺も立派にシロクマとして生まれ変わったのだ。このくらいできてしかるべきだろう。

ちょっとだけ躊躇《ちゅうちょ》したが、流れは思ったほどではない。思い切って川に入った。

想像していたほど水は冷たくなかった。

というか感覚は全体的に鈍っているような気がしないでもないのだが。

中腰《ちゅうごし》になってすいすいと流れをゆく魚をゆっくりと追いつめていって……とやたっ!

ざうっ、と謎の効果音が出現するように両手を動かして見たものの、激しい飛沫《しぶき》が立ち昇《のぼ》るだけで魚は一匹《ぴき》たりとも捕らえることができない。

「は、ははっ。ま、まあそうだよな。最初っからなんでも上手《うま》くできるはずがないんだよ。なにごとも、トライあるのみだ。俺はいつでもネバーギブアップだ」

それから日が沈《しず》むまで魚取りに熱中していたのであるが、すいません初志《しょし》貫徹《かんてつ》できませんでした。まったく魚が取れませんですよ。

「や、やばい。これじゃマジでクマの才能がないことを世に知らしめてしまう……！」

もういい。これ以上意地を張るのはやめよう。俺はクマっぽい行動を早々に諦《あきら》めると、手掴《てづか》みすくいからガチンコ漁法に切り替えた。

ガチ漁とはその物騒《ぶっそう》な名が示す通り、川にある石に岩や石を叩きつけることによって、衝撃《しょうげき》破を発生させ周辺で泳いでいる魚たちを一網《いちもう》打尽《だじん》にする漁法だ。よい子は真似すんじゃないよ。

現在は禁止されているのでコイツを行うと官憲に追われるハメになるかも知れないがシロクマとなった野生派の俺を止めることは誰《だれ》にもできないのだフゥーハハッ！

「そいやさっ！」

俺は適当にそのへんにある岩を持ち上げると（デカいがラクラク持ち上がった！）思いきり流れに鎮座《ちんざ》する石へと叩きつけた。

ぐわん、と。もの凄《すご》い音が鳴って周囲の梢《こずえ》に止まっていた鳥たちが一斉《いっせい》にバササッと飛び立っていく。知らんぞ、もお。

やった！　ショックウェーブの効果は絶大だ。

あたりにはぷかぷかと川を気持ちよさそうに泳いでいた魚さんたちが浮《う》かび上がった。我の糧《かて》となるがいい……と暗黒面に陥《おちい》りそうになりながら魚を拾っていく。で、河原に余裕《よゆう》で帰陣《きじん》。だがひとつ問題がある。これどうやって食べればいいのだ。取れたのはウグイやカジカやイワナだろう。

川魚には「横川吸虫」をはじめとする脳みそを破壊《はかい》するやっばいやっばい寄生虫が数多く存在するので生食する気には到底ならない。

だとすると焼くか蒸すかなのだが、ここは森の中の大自然であり、俺はただの気のいいクマさんなのだ。ライターもマッチもない。

「く、くそう。これじゃとっても食べられないじゃないか。えひんえひん」

泣《な》き真似《まね》をしてもどうにもならない。だがどうしても人間であったときの自意識が邪魔をして生で喰《く》う、という気分にはなれないのだ。

どうしようもないので俺は捕まえたお魚さんたちを石の上に放置して、その日は木を背にしてごろ寝《ね》した。

野宿には慣れているし、この頑丈《がんじょう》な毛皮のせいか寒さはまるで感じない。

朝起きて河原に行ってみると、放置してあった魚さんたちは骨一本も残さず消失していた。

……うん。森の獣さんたちが食べちゃったんですね。

俺はちょっと泣いた。

その日はなにかないかなにかないか、と山野を阿呆《あほう》のように歩き回り、ようやくちょっとしたものを見つけた。

異様に油分が多い、日本では見たことのない木だ。名前もわからないし、聞いたことのない種類の木の枝はちゅうちゅう吸うとほのかに甘《あま》く顔がふやけるほど滋養《じよう》が取れた。

それから、これは野生に備わった勘《かん》であったが、木の幹をベリベリ剥《は》いで甘皮《あまかわ》を食べると意外にスナック感覚でイケることに気づいた。もう人間やめてますがな。

だが、その程度ではこの巨体《きょたい》の胃袋はまるきり満たせない。

そういえば体長二メートルに体重五〇〇キロを超えるシロクマが一日で必要とするカロリーは一二〇〇〇カロリーから一五〇〇〇カロリーほどだと本で読んだ。

あきらかに足りてない。つかハングリーすぎる。

目覚めてから、三日と経っていないが早くもフラフラだ。四肢《しし》に力が入らないし、気のせいかめまいもすれば視界も白く濁《にご》りつつあるようだ。

「こうなったら、節を屈《くっ》して野生の本能に従おうか……ん？」

この身体は異様に聴覚《ちょうかく》がいい。

河原から離《はな》れたある地点で多くのなにかが動く気配を感じ取った。

警戒度を上げながらそれでもシロクマに生まれ変わってはじめて感じる懐《なつ》かしい匂《にお》いに、俺は、知らずその方向へと移動しはじめていた。


幾《いく》つもの繁《しげ》みを掻き分けて、こちらの匂いがあちらさんへと届かぬ地点に陣取《じんど》った。

木の間をすかして窺《うかが》うと、そこにはなにやら鎧《よろい》武者のような恰好《かっこう》をした人間たちが隊伍《たいご》を組んで移動しはじめていた。

山梨《やまなし》では春になれば信玄《しんげん》公祭りを毎年行っているが、こんなまるで人気のない場所でパレードの練習をするとは思えない。俺は機転を利かせて風下に回ると、男たちがよく見える位置でさらに観察を深めた。

騎馬武者ではあるがなにかおかしかった。日本の武士のそれではない。

むしろ西洋騎士のような佇《たたず》まいがあり、コスプレをしている人たちはどうやらすべて白人ばかりである。

軽く混乱しながら男たちの隊列を追っていった。

飛び出して話しかけてみたい。

ここがどこであるだとか、今は何月何日であるとか。

ま、要するに俺は他者との会話に飢《う》えていたのかもしれない。

だが、間もなく俺は彼らについていったことを後悔《こうかい》した。

男たちの会話の意味はあまり聞き取れなかったが、どうやら狩《か》りを行っていた最中だった。

惨劇《さんげき》はすぐさま起きた。森の中を行進していた先頭の隊長が繁みから飛び出して来たなにものかによって、すぱんと首を斬られたからだ。

強烈《きょうれつ》な血臭がパッと広まった。

あろうことか俺はその臭いに、恐怖《きょうふ》よりも食欲を強く感じていたのだ。

貧すれば鈍《どん》するというが、まさか人間の肉を食べたいと思うなんて……！

だが、戦闘はほどなく終結点を迎《むか》えようとしていた。

途切れ途切れに聞こえてきた情報によると、少女はウェアウルフという部族で男たちはこの地を統《す》べる領主が遣《つか》わした軍勢らしい。

ここまで聞けば、世界が日本ではないということは鈍い俺でもわかってしまった。

男たちの使っている単語を拾い集めると、為政者《いせいしゃ》側はロムレスといい、少女は地方の少数民族らしい。

ぶっちゃけ人が刃物《はもの》を使って斬り合いするのを見るのははじめてだったが、どう見ても男たちのほうが悪者だとしか思えない。

そう断じてしまうほど、追いつめられていた少女は美しく可憐《かれん》ではかなげだった。また、少女が黒髪で黒目であったことも俺が一方的に肩入《かたい》れしたくなる理由のひとつだった。

俺にはひと回り年の離れた女子高生の妹がいる。山馬鹿だった俺はよく妹を近場の低山にハイキングに連れて行ったことを思い出し、じんわりと胸にあたたかいものが広がっていった。

少女は善戦したが衆寡《しゅうか》敵せずといったところか。

十九対一なら、俺が加勢してやっても問題はないだろう。

気が大きくなっていたのか、それともこの巨体はこのようなときのために天から授けられたのか——。

俺はまったく無防備だった男たちの後方に跳《と》び出すと、腹の底から満身の気合を込めて雄たけびを上げた。

山砲《さんぽう》が巌《いわお》を砕《くだ》くような激烈《げきれつ》な咆哮《ほうこう》だ。

「怪物《かいぶつ》——!」

「クマ？　白い悪魔《あくま》だ——ッ！」

騎士たちが乗っていた馬たちは俺の殺気に気づくとたちまち恐慌《きょうこう》に陥った。

残っていた四頭の馬は乗り手を振り落として、四方へと遁走《とんそう》する。

「あ、あ、あ……」

槍《やり》を手にしていた兵たちはその場にへたり込むと、茫然《ぼうぜん》とした表情でその場に失禁し出している。濃いアンモニアの臭気《しゅうき》で嫌でもわかった。

頼《たの》む。このままその子を置いて立ち去ってくれ――！

「ば、バカな……たかがクマ一匹、なにをやっていやがる！　斬り殺せぇええええっ！」

少女を襲っていた男が剣を振り回しながら残っていた仲間の士気を鼓舞《こぶ》した。

ええっ！　ここは逃《に》げるべきでしょうがっ。

俺だったら逃げてるよ、こんなバケモン目にしたらさぁ。

ぶっちゃけ世界観とかまったくつかめていないまま、俺は生まれてはじめて他人と命のやり取りをすることになった。ひえええんっ。怖いっ。

だが泣きごとをいっていても相手は手加減をしてくれそうにもない。

オロオロしているうちに、一番近くにいた歩兵が鋭《するど》い槍を突き出して来た。

こんなもんで刺《さ》されたら一発であの世行きだ！

俺は怯《おび》えながら槍の穂先《ほさき》を爪を振るって思いきり叩いた――同時にタックルだ。

ほとんどやぶれかぶれである。身体になにかがチクッと来たような気がしたが目をつぶって一気に駆《ぬ》け抜けた。ええい、ままよっ！　て感じだ。

とにかくシロクマでありクソ重いこの身体だ。真《ま》っ直《す》ぐぶつかっていけばなんとかなると無理やり思い込んで突進《とっしん》突進、また突進だ。

気分的には隊列のど真ん中を突っ切ってある程度のところで反転し、いわゆる電車道をとことん愚直《ぐちょく》に、それはもう馬鹿《ばか》のひとつ覚えのように繰《く》り返《かえ》した。

絶叫と悲鳴と怒号《どごう》が繰り返され、やがて深い静寂《せいじゃく》が満ちた頃には身にちくちくするような攻撃《こうげき》がようやく止《や》んだ。

深い安堵《あんど》とともに吐息《といき》を吐《は》き出した。

「カミサマ、森の守護神さま」

ほえ？　少女のささやくような声で目蓋《まぶた》を開けた。

黒髪の少女は目元に涙を浮かべたままくたりと気を失った。

あ、おいっ。

怪我はない――みたいだな。うん、よかった。

それから恐る恐る背後を振り返ると、そこには大型ダンプでも通ったような凄惨極《せいさんきわ》まる轢死体《れきしたい》があちこちに転がっていた。

「げ！　スプラッタ！」

今どきロメロ監督《かんとく》の映画でもなきゃ見られないグロさだ。気分は俺の肉で窒息《ちっそく》しちゃいなさいよね！　っていう感じだ。なぜツンデレっぽいのかは謎だ。

ええと、ええと。俺戦ったつもりはないんだよね。

ただ、勢いでタックルかましただけなんだが。え？　なにこの無双《むそう》過ぎる光景。

まさしく「体重＋スピード＝強さ」を体現した勝利の方程式である。

落ちていた血塗《ちまみ》れの甲冑《かっちゅう》を拾い上げ爪で弾《はじ》くとカチンカチンと硬《かた》い音が鳴る。うん。間《ま》違《ちが》いなくちゃんとした鋼だが、このホワイティボディの前では紙装甲《こう》だな。

あまり勝利した気分にはなれない。

むしろ弱っちい羽虫をプチプチ潰《つぶ》したような、イヤーな感覚だ。

そんでもってようやく傍らの少女ちゃんに目をやる余裕が生まれた。

にしても美少女だなぁ。

俺は気絶中の美少女ちゃんをしげしげと眺《なが》めながらおかしなことに気づいた。

アレ……？　なんか、妙《みょう》なもの頭から生えてない？

むむむ、と考察する。こういうコスが流行《はや》っているのかもしれないが、ボヤボヤしていると殺人クマとして街衆から山狩《やまが》りに遭《あ》う恐れがある。

「その前にちょっとだけ」

美少女ちゃんの頭上に生えた犬耳をぽよぽよと触ってみた。

うん。昔飼っていたゴールデンレトリーバーのような感触《かんしょく》で、ちょっと楽しい。

てか、これって本物の犬耳だろうか。

「ん……あふ」

犬耳少女ちゃんは妙に色っぽい声を出すのでドキッとした。

冷静に考えると二十八にもなるオッサンが少女の身体を触るって性犯罪事案だよなぁ。

だがこのまま犬耳ちゃんをこの場に放置するのも気が引ける。

悪者部隊の援軍《えんぐん》が到着《とうちゃく》して無防備美少女ちゃんが攫《さら》われたら仏作って魂《たましい》入れずだもんよ。

俺は失神状態の犬耳ちゃんを抱《かか》えると速《すみ》やかにその場から充分離《じゅうぶんはな》れた場所まで移動し、なるべく虫とかに刺されない位置を選んでリリースした。

グッバイ、犬耳ちゃん。強く生きるんだよ。

で。さてさて。今回情報こそ手に入らなかったが、俺ことシロクマが斃《たお》した敵からゲッツした荷物からは色々お役立ちしそうなナイスアイテムを手に入れることができたのは僥倖《ぎょうこう》だった。

なんと彼らは武器や医薬品、それに乾燥肉《かんそう》やビスケットといった携帯食料《けいたい》のほかにも、今の俺に必要なアレを持っていたのだ。

火打石と油である。

もうこれさえあれば火をつけるのに困らないぜベイベー。

いや、時間さえあれば木と木を擦り合わせるいわゆる「弓切り式発火装置」のような原始人が摩《ま》擦熱《さつねつ》で火を起こすアレを作ることも考えなくはなかったんですが、実際簡易的な火打石のほうがぜんぜん楽だし……。

まず乾燥肉とビスケットを残らず喰らった。もう、それはむしゃむしゃと。

俺の胃袋《いぶくろ》は宇宙だ！　残っていたチーズとかもう、バランスとか考えずに咀嚼《そしゃく》して文化の味に舌鼓《したつづみ》を打ったのち、リベンジとして川魚を焼くことに再び挑戦《ちょうせん》した。

前回と同じくガチ漁で川魚を確保（今度は四十匹もとれた！）すると乾燥した木切れを集めて、周りを小石で囲みその上に調理台となる平たい石を置いたのだ。

んでんで、石をじゅっくじゅくに熱したのち魚を順番に置いてしまえば宴《うたげ》がはじまるんだぜ、ひゃっほー！

酒がないのがちょっと悲しいがシロクマさんの初ＢＢＱだ。大地も祝ってくれているだろう。

こんがりと焼けた川魚に兵隊さんから奪った塩をぱらりぱらりしてかぶりつくともう、ほっぺが落ちるほどおいしーぃの！

「うまっ、これめっちゃうまっ！　はふはふっはもふっ」

冷静に考えると晩秋の河原で魚の石焼きをひとり楽しむ孤高《ここう》のシロクマってシュール過ぎてほとんど怪談《かいだん》のたぐいのような気が……ま、まあ細かいことは気にしない。

でも、マジウィスキーとか飲みたいっス。

今回特にありがたかったのは塩気だ。

山中では塩が貴重品である。猟師《りょうし》は適当な場所に小便をして土をかけておき、それを舐《な》めに来たタヌキやキツネなどの野生動物を取ったという。小便壺《つぼ》の塩を猟師小屋までわざわざこっそりぺろぺろしに来る野犬も珍《めずら》しくはない。塩は自然の中において岩塩などが存在しない地域では金と同価値なのだ。

俺はパチパチと弾ける火の粉を見ながら、そっと自分の掌をかざしてみた。

クマなんだけど、意外に器用な動きができるなぁ。

厳密にいうと、指の一本一本の長さも野生のそれとはちがって細かな動きができるようになっている。

ホント、これってなんなんだろうなぁ、と思いながらも夜は更《ふ》けてゆく。

「うるるっ」

朝だ。

クマ職人の朝は早い。というか、昨日は河原でたき火したまま寝てしまったのでさすがに寒気が強かったが、このたっぷりした毛の前ではどうということもないぜ！

しばらく細かな石の上でごーろごーろする。腹さえくちくなってしまえば、特にやらなければならないこともないいんだよなぁ。

とりあえず勤勉な俺は再びガチ漁に励《はげ》むことにした。うむ。お魚さんがバカなのか、それともすなどられるという意味を理解していないのか、アホみたいによっく取れる。

朝飯も取った魚を石焼きにして食した。

食後のデザートはそのへんで適当に摘《つ》んだ山ぶどうとか、ちょっとよくわからないピンク色の木の実だ。名前もわからないものを喰らうのは怖いが、ゼリーみたいで軽く弾力《だんりょく》があって美味《うま》いのだ。やめられないとまらない。

天気は快晴だ。

なんとなく身体が不潔のような気がして水浴びを積極的に行うことにした。

寒さはあんまり感じない。ゆっくりゆっくり瀬《せ》に入って、ある程度のところで身体を浸した。うむ、たいそう気持ちがよく爽快《そうかい》なり。

身を清くしたあとは、河原に上がってぶるんぶるんと水分を吹《ふ》き飛《と》ばした。

犬がよくやる気持ちがわかるな。これってかなり楽しいぞ。

るんるん気分で森に戻《もど》った。ぴちぴちぱちぱちと小鳥たちが歌いざわめく。

昨日の戦いは幾つかのサジェスチョンを俺《おれ》に与《あた》えてくれた。

触《さわ》らぬ神に祟《たた》りなし、だ。

本来野生動物は己《おのれ》が生きるため以外には殺生《せっしょう》を行わないはずだ。

そういった点からいえば、シロクマビギナーである俺の行動はどこかはずれていた。

左右をきょろりきょろりと見回し安全を確保しながら移動を続ける。

それでも俺はそいつの接近を許してしまった。

「え、えと……こ、こんにちは」

なんというか同じクマなのであるがあきらかに違《ちが》う種といわざるをえないデカさだった。

俺の身体は確実に二メートルを超《こ》えているのだが、そいつは少なめに見て倍はあった。

全身から発している殺気がこうして向かい合っているだけでもビンビンと腹に響《ひび》く。

黒い山がうねっているように、そいつは四《よ》つん這《ば》いのままこっちを睨《にら》んでいた。

赤く輝く瞳《ひとみ》はこちらを完全にエサであると決めつけているのか、親愛のカケラも感じさせないものだ。

胸から左肩《ひだりかた》にかけて走っている白い体毛はまるで死神の鎌《かま》のように見えた。

「こいつ……マジでクマかよッ」

そもそも脚が六本もある。

巨木《きょぼく》のような腕がのしりのしりと動く。全身の毛が逆立った。

気づけば俺は両手を構えて低く唸《うな》っていた。

そうせずにはいられない相手なのだ。

――どうやらはじめて会った同種とは仲よくできなそうだ。

俺たちは互《たが》いの中間地点に舞《ま》った木の葉が地に触れたとき同時に地を蹴《け》ってぶつかった。

第三話
ウェアウルフの娘

不思議と負ける気がしない立ち合いだった。

身《み》の丈《たけ》も重量も向こうのほうが圧倒的《あっとうてき》に有利であるがこの身に流れる熱い血が「やれ」と遺伝子レベルで命令してくる。

ぶつかり際に頭を平手で張られた。

無論、向こう側の掌にも凶悪《きょうあく》過ぎる爪が生えそろっているはずだが、俺は軽く押《お》された程度にしか感じず、阿呆みたいに大口を開けているコイツに頭突《ずつ》きをかましてやった。

大岩がぶつかり合った轟音《ごうおん》が鳴って、クロクマが吹っ飛ぶ。

ぎょりり、と相手の顎《あご》の骨を確かに砕く感触に脳天が痺れるような快感を覚えた。

クロクマは後ろ足で立つと、四本の腕を振《ふ》り上《あ》げながら左右から猛烈《もうれつ》なフックを豪雨《ごうう》のように打ち下ろしてくるが、俺は冷静にその攻撃を拳《こぶし》で打ち払《はら》うと距離《きょり》を詰《つ》めた。

牙《きば》を噛《か》み込みながら踏《ふ》ん張《ば》って右ストレートを放った。

鉄の砲丸《ほうがん》同士がかち合ったような固い音が鳴った。

顔を上げる。そこには額を割って、血潮を噴《ふ》き出しているクロクマ野郎《やろう》の姿があった。

「だりゃっ」

跳《は》ねるように飛び上がってクロクマの顔面に右手の爪を叩き込んだ。

斜《なな》めに流れるように落ちた斬撃はクロクマの顔半分を薙《な》ぎ払って流血を強《し》いた。

俺はさっと後方に飛び退《の》いて構えていたが、相手に続行の意思はなくなったのか、くるりと反転するとギャアギャア喚《わめ》きながら暴風のように逃げ去っていった。

荒《あら》くなった呼吸を整え、クロクマの逃げ去った方向をジッと見つめる。

ぶ厚い毛皮と筋肉で痛みは微塵《みじん》もないが精神的疲労《ひろう》感が半端《はんぱ》ない。まじパない。

誰かに会いたいとは思っていたけど、あんな相手なら御免だよ、もう……。

お互い、別に闘争行為《とうそうこうい》に執着《しゅうちゃく》しているわけではなく、出会《であ》い頭《がしら》に顔を突《つ》き合わせたからこのような結果になってしまったのはよくわかっている。

山でもクマよけにクマ鈴《すず》を鳴らしたり、大きな声で歌ったりしていれば臆病《おくびょう》なクマは事前に人間の動きを察知して遠ざかって行くが出会い頭はいかんともし難《がた》いのだ。

たぶん、このあたりはあいつの縄張《なわば》りなんだろうな。

しかしこうやって面と向かって戦い尾《お》を丸めて逃げ出したからには、やつはここに二度と近づかないだろう。

野生動物とは無意味に命を危険に晒《さら》すようなことはしないはずなんだよ。

想定外に軽くバトったせいで心が荒《あら》ぶっている。

俺は不意に山が見たくなり、今まで行かなかった森の奥《おく》へ奥へと導かれるように進んでいった。

「わあ。けっこういいトコロじゃん」

開けた平野部に出ると今までよくわからなかった彼方《かなた》にある山塊《さんかい》がよく見えた。

荒んだ心が洗われていくようだ。

草地に座《すわ》り込んで脚《あし》を投げ出し目を細めた。

詩心があればひとつ吟《ぎん》じてやりたいところだが、あいにくとそういう才はない。

ぱたと、小さな物音が鳴って女の声がした。

「カミサマ、カミサマなのですね」

おやと、思って振り向くと、そこには昨日別れたばかりの犬耳娘がミニマムサイズのお仲間を引き連れ茫然と立っていた。

「君は、昨日の……?」

犬耳少女はよろぼうように近づいてくると、ついにはその場に跪《ひざまず》いてぼろぼろと涙《なみだ》をこぼしはじめた。彼女《かのじょ》の妹たちだろうか。ちみっこい犬耳娘たちは姉に倣《なら》うようにして、今にも額を地べたにこすりつけんばかりの風情《ふぜい》である。

「昨日は、お命を助けていただきロクに礼もせず、この罪は万死《ばんし》に値します。できますれば、この身を捧《ささ》げますので、なにとぞ我《わ》が妹たちを守護神であらせられるカミサマのお力で末永くお守りくださいませ」

いったいこの子はなにをいっているんだろうか？

俺が無言のまま黙《だま》っていると、ちっちゃな子たちまでが「くだしゃいませー」と舌足らずな声で合唱する。うむ。まったく意味が分からない。

「な、なにか勘違《かんちが》いしていないか。俺はただの気のいいシロクマだ。君がいっている守護神とか、そういった大層なシロモノじゃないよ」

「カミサマ、ではございませんの？」

犬耳少女は困惑《こんわく》したように黒真珠《しんじゅ》のような瞳をまん丸にして口元に手を当てている。

昨日も思ったんだが、この姉妹、全員が類を見ないほど美形ぞろいだ。

まだ四、五歳《さい》くらいの妹たちにいたるまでジュニアアイドルなんぞは束になってもかなわないほど、際立《きわだ》ってすぐれた容姿を備えている。おっと俺はロリじゃないぜ、念のため。

「あ、申《もう》し遅《おく》れました。私はウェアウルフのルルティナと申します」

「クマキチってケチなもんだ」

「クマキチさま……？」

ルルティナは俺の名を口の中でもごもごと咀嚼させるとうっとりとした表情で眼尻を下げた。

「不思議ですけど、クマキチさまにはお似合いの素晴《すば》らしいお名前ですね」

一瞬《いっしゅん》、己がクマであることを忘れそうなほど素敵《すてき》な笑顔《えがお》だった。

いや、忘れようが忘れまいがどうでもいいのだが。

「んん、まあ、なんだ。とりあえず、一連の状況《じょうきょう》を話してくれると大変助かる。このあたりのことが、ぜんぜんわからないんでな」

「やはり……！　それはこの土地に顕現《けんげん》して間もないということですね。不肖《ふしょう》ながら、このルルティナが全身全霊《ぜんしんぜんれい》をもってお答えさせていただきますっ」

「あー。だいたいでいいからな」

俺はやけに力の入った犬耳少女を見ながらぽつりといった。

どうやら最初の俺の推測通り、おそるおそるこちらを見ている娘たちはルルティナの妹たちで正解だった。

上から順に、金髪《きんぱつ》が十三歳のリリティナ、赤毛が十歳のアルティナ、残りの三つ子――これは全員ルルティナと同じ黒髪《くろかみ》だ――が、ララ、ラナ、ラロという名前らしい。親御《おやご》さ

ん、完全に最後で飽《あ》きたんじゃね？　と勘繰《かんぐ》られても仕方ない豪快《ごうかい》な投げっぷりだ。

ルルティナがいうにはこの地はロムレスという名で人間の王が治める広大な大陸らしい。んで、彼女たち一族はウェアウルフという、いわゆる獣《けもの》を祖とした実にファンタスティックな種族で、犬耳としっぽは祖先からの名残《なごり》ということだった。

彼女たちは王都から離れた地域に暮らしていた少数民族ということだ。

長い間人間たちと領地のいざこざで争っていたらしい。

が、ひと月前講和条約を破って一方的に攻め寄《せよ》せてきた人間の軍隊によって一族は壊滅《かいめつ》させられた。

ルルティナは姉妹たちだけを連れて、父祖が暮らしていたこのヴァリアントの森へとようやく逃げ込んだとのことだった。

「どうしましたか？」

「いや、なんでもないよ」

ま、薄々《うすうす》感づいていたがやはりここは日本ではない。そういった意味では、ロムレスでも辺境の果てに位置するこの森までは多勢の軍を差し向ける余裕はないということか。

昨日のように一番近い砦《とりで》から、ときどき数十人の残党狩りが森を徘徊《はいかい》し、嫌《いや》がらせのように圧を強めるのが人間のやり方らしかった。

「昨日は、私も、妹たちも死を覚悟《かくご》していました。両親と姉の仇《かたき》であるニンゲンに穢《けが》されるくらいなら、舌を噛んで見事に死のうと……けど、クマキチさまがにっくきやつらに制裁を加えてくださって……ようやく少しだけ溜飲《りゅういん》が下がりました。少しは先祖の霊《れい》も慰《なぐさ》められます。ほら、みんなっ。クマキチさまにお礼をいって！」

感極《かんきわ》まったのかルルティナはしっぽを激しく振って礼を述べた。

ぱっちりとした大きな瞳からは涙がはらはらとこぼれ、頬《ほお》は興奮で紅に染まっている。

姉妹たちが一同そろって「ありがとうございました」と叫《さけ》んだ。

うーん。こちらとしては、よくわかんないうちに勝利してしまったんだが……どっちにしろ彼女はあのままじゃあのゲス野郎どもに凌辱《りょうじょく》されて終わりだっただろうしねぇ。

「ほらほら、礼は受け取ったから顔は上げてくれよ。なんか背中がこそばゆくて仕方ねぇや」

う。なんか、ちびっ子のひとりと目が合った。

確か三つ子のうちのひとりだろうが、俺にはまだ見分けがつかない。彼女は座りながらちっちゃなしっぽをぴこぴこ左右に振っている。

「クマキチしゃま。あたし、もふもふしていい？」

「こらっ、ララ！　クマキチさまになんという失礼なことをッ！」

ルルティナがカッと犬歯を剥《む》き出しにして「がう」と吠《ほ》えた。

だが、ララはそんなことはおかまいなしに、好奇心《こうきしん》いっぱいの瞳で俺のふわふわした真っ白な体毛を見つめている。

「ああ、いいよ」

「やたーっ」

「あ、ずるいーっ。ラロもっ」

「ラナも、ラナもっ」

三つ子のわんこ娘たちは俺の腹のあたりにダイブすると、おもっくそ全力で顔を擦《こす》りつけて来る。なんというか仔犬みたいでたいそうかわいらしい。ああ、なんか眠《ねむ》っていた父性がきゅんきゅんするような感じだ。

「ああもうっ。あなたたち、クマキチさまがお困りでしょう。離れなさいっ。この!」

「やだー」

「やだやだー」

三つ子わんこ姉妹たちは俺の身体を軽々とよじ登ると、引《ひ》き剥《は》がそうとするルルティナと追いかけっこになった。

ふと気づくと赤毛のアルティナがぎゅっと無言でしがみついている。これは気にいられたと思っていいのだろうか？

「ふふっ。姉さんたち、はしゃぎ過ぎよ」

金髪のリリティナがそういって上品そうに微笑《ほほえ》む。この子が一番お嬢《じょう》さまっぽい感じである。はじめは清楚《せいそ》な印象であったルルティナは、この妹たちを追いかけ回しているのが地に近いんだろうな。

「おや？　雨か」

ふと鼻面《はなづら》を天に向けるとポツポツと小粒《こつぶ》の雨が垂れ落ちてきた。ルルティナはなにかもじもじしていたが俺の視線を受けると、

「あのよろしければ、私たちの隠《かく》れ家《が》、すぐそこなので雨宿りしませんか？」

と誘《さそ》ってきた。

レディのお誘いを断るのはジェントルメンとは到底《とうてい》いえないのでありがたく申し出を受けてルルティナ宅を訪問することにした。というか今の俺は住所不定なのでね……。

「すみません。なにもお出しするものがなくて」

「ああ、いいよ。ちょっと見てみたかっただけだし」

ルルティナたちが住んでいた場所は斜面《しゃめん》に空いていた天然の洞窟《どうくつ》だった。

どうにもジメジメしていて空気も悪いし、暗くて狭《せま》い。

巨体である俺が入るとぎゅうぎゅうになってしまう。

「ここね、ここね。ララのねるとこなのー」

「お、おう。いつも快眠《かいみん》できているのかな」

ちびっ子のララが木の葉を敷《し》き詰めてあった場所をポンポンと叩《たた》いて、にひひといたずらそうに笑った。

ルルティナは自分で案内して置いて、現実を直視したのかショックを受けている。

「姉さん。だからお呼びしないほうがいいって、合図したのに」

「それ、早くいってよ……」

落ち込んだルルティナをリリティナが慰めている。ま、人を呼んでおいてああすればよかったこうすればよかったと後悔することってあるから、しょうがないよな。

「ちゃむいよー」

「ん。そっか。じゃ、ほらこっち来い」

俺はぷるぷると震《ふる》えていたラナを抱え上げた。天然のふかふかが気持ちいいのか、ラナはじんわりを頬をゆるめるとぴとっとくっついてきた。

「しかしさ。こういっちゃなんだが、早いとこもちっとマシな場所に移るほうがいいと思うぞ。俺みたいに体毛がある種族ならともかく、おまえたちにはこの寒さはこたえるだろう」

「ええ、そうしたいのは山々なのですが」

と、話していると、ぐうっきゅるるーと豪快な腹の虫が鳴った。

「わ！　今の私じゃないっ、私じゃありませんからねっ」

ルルティナが顔を真っ赤にして頭をぶんぶん振って否定する。

音の鳴った方向を向くと、赤毛のアルティナが不機嫌《ふきげん》そうな顔でつぶやいた。

「おなかすいた」

「すみませんクマキチさま。実のところ、最近あまり獲物《えもの》が取れなくてみなお腹《なか》を空《す》かせているのですよ」

そういえば、こうやってマジマジ見るとみな一様に青白い顔をしていた。肌艶《はだつや》もあまりいいとはいえないのは、常習的に飢餓《きが》状態へ片足を突っ込んでいるからだろう。ちびっ子たちがやたらと身体をくっつけているのも、食事が満足にとれないので上手《うま》く体温を上げることができないのだ。そうだな……特にやることもないし。

「はじめに食糧《しょくりょう》問題、それから住むところだな」

「え、あの。クマキチさま、どちらへ？」

そんなの決まっている。まずは食糧問題解決の糸口だ。肉も食いたいしね。

森に向かってずんずんと歩いてゆく。

実のところ、この何日か俺は無目的に森の中をさまよっていたわけではない。

獣の、しかも蹄《ひづめ》からいって猪《いのしし》が通るであろう道筋をこっそり確かめておいたのだ。

ふと気づけば、ルルティナたちは俺の背にぴったりとくっついて行動していた。

どうやら、ウェアウルフという種族はなにごとも集団で行動する癖《くせ》というか本能のようなものがあるらしい。

「随分《ずいぶん》とロクに食っていないみたいだが、村にいた頃《ころ》は狩りとかしなかったのか」

「すみません。私はいつもほとんど家人任せでした。今になって恥《は》じ入《い》ります」

「まあ、いいさ。これから覚えていけば」

俺の祖父はマタギだった。猟《りょう》にはガキの頃からよくついていった。

祖父が古式ゆかしい村田銃で獲物を華麗に仕留める姿を誇り高く思ったものだ。

まったくの素人《しろうと》ではないが、見も知らぬ土地で獲物を取るということは並大抵《なみたいてい》のことじゃない。

まるで不可能と思われる行為《こうい》であるが、シロクマとして生まれ変わった俺にはそれらを補って余りある野生の超感覚《ちょうかんかく》というものが備わっていた。

視線を巡《めぐ》らすと、ルルティィナ、リリティィナは大ぶりのナイフを。アルティィナは山刀を抜き放って構えていた。ちびっ子たちも小さい歯を剥き出しにして目を爛々と輝かせている。

俺は神経を集中させて、周囲の気配を毛筋一本も見落とさないように、五体から気を放射して大気の動きを注意深く探《さぐ》った。

もっとも狩りとはほとんどが待つ時間を意味している。

ぶっちゃけかなり飽きっぽい俺は自《おの》ずとすぐそばのルルティィナに話しかける仕儀《しぎ》となった。

「ルルティィナはこの森に来てなにを食べていたんだ？」

「え、あ、そうですね。私たちは食べられるキノコとか、木の実とかを探して食していました。それと、わずかですが砦から落ち延びる際に日持ちのするものを持ち合わせていたので、それをなんとか食い延ばして今日まで、なんとか……」

話しているうちに絶望的な気分になってきたのか、彼女の口調があからさまにトーンダウンした。

「大丈夫《だいじょうぶ》だよ。今日はきっとどっさり獲物が取れるさ」

「クマキチさま……」

「ううっ、がるっ」

「あ、コラ！　ララ、ララっ。クマキチさまに噛みつくのはおやめなさいっ」

絶え間なく続く緊張感《きんちょう》に耐《た》えきれなくなったのか、ちびっ子二名ほどが牙を立てて首筋に噛みついて来る。まったく甘噛《あまが》みにもならない程度であるが。

「来たぞ。だいぶ近い。ルルティナたちは、東から大きく回って退路を断ってくれ」

「わかりました。リリ、アル」

ルルティナはリリティナとアルティナを引き連れると、素早《すばや》く俺の指示に従って近づいて来る獲物の背後へと回ってゆく。さて、ここからが本番だ。

おちびちゃんたちはいい子にしてるんだぞ。

そういった気持ちを込めて三つ子の頭を順繰《じゅんぐ》りに撫《な》でると、くふんきゅふんと甘《あま》ったれた鼻声を漏《も》らす。

さあ、狩りの時間だ――。

広げていた感覚を急速に収斂《しゅうれん》させてゆく。

このとき使っているのはいわゆる不可思議なマジックでもなんでもない。

視覚、聴覚《ちょうかく》、嗅覚《きゅうかく》などを最大限に集中させたものを絞《しぼ》ってゆき、わずかな大気の乱れや草のすり音、異質な命の音を聞いて狙《ねら》いを定めるのだ。

果たして狙っていた獲物はいた。

が、ちょっとばっかし大きすぎやしませんかねぇ。

俺たちが見つけたのは、ほとんど俺の体格とかわらないくらいの大猪だった。

猪は、実のところとてもうまいのだ。

ほとんどのマタギはあまり競《きそ》って鹿肉《しかにく》を取ろうとはしない傾向《けいこう》がある。

昨今ではジビエだのなんだのが流行っているが、鹿肉は基本的にすぐ固くなってしまうので敬遠されがちである。それにダニもいっぱいいるしね。驚《おど》くよ、ホントに。

猪は強靭《きょうじん》な牙を持っており、これで太腿《ふともも》の動脈を裂《さ》かれて死ぬ人間が多い。

やつらの牙は巨大《きょだい》な鋭いナイフであると思って差《さ》し支《つか》えない。

俺は身を低くして繁《しげ》みを掻《か》き分《わ》け逃げようとする猪に向かって咆哮した。

同時に、後方へ回っていたルルティナたちが狼《おおかみ》に似た遠吠《とおぼ》えを轟《とどろ》かせる。

一瞬、どちらに逃げようかと躊躇《ちゅうちょ》した猪であったが、目の前の俺の体格が自分と同等であると判断したのか、姿の見えぬルルティナたちよりもこちらに向かって突撃《とつげき》して来た。

グッと拳を一度握《にぎ》り締《し》め、わずかに力を抜いた。

俺の掌《てのひら》にはよく尖《とが》れた剣《けん》よりも強靭な爪《つめ》がある。極《きわ》めて絶大だ。

地を蹴ってどどど、と猪がまっしぐらに突っかけて来た。

ここで逃がすわけにはいかない。

真っ向勝負だ。俺は頭から突っ込むと、右手を振り上げて猪の頭上に振り下ろした。

がつんと、鈍《にぶ》い音が鳴った。

同時に凄《すさ》まじい勢いで猪の頭部から血潮が流れ出た。

猪突猛進《ちょとつもうしん》という言葉があるくらいだ。

敵はこの程度で突撃をやめるはずもない。

俺はカッと大口を開くと、クマの最大の武器である咬筋力を生かした噛みつきを放った。

ぞくり、と猪の首元に喰《く》らいつき、満身の力を込めて巨体《きょたい》ごと頭上に振った。

猪は鮮血《せんけつ》をパッと撒《ま》き散《ち》らしながら宙を舞うと、短く鳴いた。

「これで、トドメだ！」

俺は回転しながら落下する猪の腸にゾブリと右手の爪を突き刺すと、数度大地に叩きつけてから獲物を仕留めたと鬨《とき》の声《こえ》を作った。

「やった。やりましたね、クマキチさまっ」

「応よ」

ルルティナたちが歓喜《かんき》の表情で駆《か》けつけて来る。三つ子たちは未《いま》だ精神が育っていないのか、野性味丸出しでがうがうと動かなくなった猪に噛みつき目を真っ赤に血走らせていた。

まずは成功である。とりあえず、カミサマではないにしろあまり情けない姿を見せずにすんで、俺も満足というものだ。

「にしても、こいつはなかなかデカいな」

「大物ですねっ」

ルルティナたちは興奮収まらないといった格好でその場をピョンピョンと跳ねている。

こいつは目算だが優に三〇〇キロは超えているだろう。

ここで解体して持っていこうかと悩《なや》んでいると、ルルティナはリリとアルとで引っ張ろうとしていた。

おいおい、これはお嬢さまがたが持ち運べるようなシロモノじゃないんだ――と忠告しようとしたとき、彼女たちはこともなげに猪を軽々担《かつ》ぎ上げてしまった。

「クマキチさま。急いで持って帰りましょう。ね」

「ああ、はい」

そうだ。ここはファンタジー世界なのだ。ウェアウルフは普通《ふつう》の人間と同じように見えてまるで筋肉量が違うらしい。重いものを背負《せお》いなれたボッカもかくやという動きで猪は速やかに、洞窟すぐそばに持ち運ばれた。

まず最初に火を起こして、簡単な種火を作った。

「ルルティナ。ナイフ貸してね」

「あ、どうぞお使いくださいませ」

獲物の解体は幾度《いくど》もやったことがある。まず、俺は猪の体毛を火で焼くと表面の毛をナイフでゾリゾリと丁寧《ていねい》にこそぎ落としてゆく。

内臓を残らず抜《ぬ》いてしまうと、ずいぶんと軽くなった。本当はしばらく川の水で冷やしてしまうのがいいのだろうが、今日は久々なので彼女たちにもうんと栄養をつけてあげたいし、たぶん残らず食ってしまえるだろう。

「いいにおいー」

「おなかすいたよう」

おちびたちは久々のご馳走《ちそう》が食べられると知ってか、声を上げてそこらじゅうを走り回っている。

さて、腹抜きをしたあとの猪は丁寧に一本ずつ肋骨《ろっこつ》を抜いていく作業だ。これは途中《とちゅう》でリリティナに替わってもらった。余った骨は取っておいてスープを作ろうと思う。

すでに待ちきれないのか、アルティナは肋骨を炙《あぶ》ってがじがじとかじっていた。

うーんさすが野生児だ。俺はシロクマなんだけどね。

やはりこれだけ新鮮《しんせん》なものならＢＢＱしかないっしょ！

ってことで焼き肉を提案してみました。

肉は煮《に》るよりも焼くほうが数段上だと思っている。

ぶ厚く切った肉を並べると、じゅうじゅうと油が熱した石の上で踊《おど》っている。ちなみに石の上で焼くと、石が余計な脂《あぶら》を吸い取ってくれるので、もの凄《すご》く美味いのだ。

とんでもなく香《こう》ばしい匂《にお》いと煙《けむり》であたりはもの凄いことになっているが、ここにいる全員が笑顔に満ちあふれていた。

「おいしいっ」

「おいしいよー」

「美味《おい》しいですねっ」

ウェアウルフの娘さんがたは、肉を頬張《ほおば》りながらしっぽをぶるんぶるんと未だかつてない勢いで振りまくっていた。

さ、俺も焼き方を一時中断して、猪肉のステーキをお相伴《しょうばん》しましょうかね。塩を軽く振った（ほかに調味料がない）だけのシンプルな味つけだが、ちょっと口に入れて軽く噛むだけで頭がおかしくなりそうな肉汁《にくじゅう》がどばっと口中にあふれ出てきた。もうそれだけで頭がおかしくなりそうになる、何度おかしくなればいいいんだ。とんでもない美味さだぜ。いえい。

「む、むむっ。にぃー」

「ラナったらあんなに頬張っちゃってますよ、姉さん」

「ふふっ」

ラナは自分の顔と同じくらいの大きさのステーキと格闘《かくとう》している。あれだけ懸命《けんめい》に食べてもらえれば猪も成仏《じょうぶつ》できるだろう。

文字通り食って食って食いまくった。残らないだろと思っていたが、さすがに大物猪くんである。余った分は吊《つ》るして燻製《くんせい》にし、保存食として残すことにした。

俺はほとんど寒さを感じないのだが、日が落ちるとさすがに彼女たちはちょっと辛《つら》そうだ。

流れ的にルルティナの洞窟に一晩宿を借りることとなる。狭い洞窟であったが、こうやってみんなで寄り集まっていると、不思議にそれほど寒さを感じないらしい。

特に俺は体温が高いらしく、子供たちはみんな寄ってたかってすり寄って来る。はは、こんなに女にもてたのって生まれてはじめてじゃないだろうか。できれば、生前人間だったときにこういうハーレムに恵《めぐ》まれたかった気もするが、それは高望みし過ぎだろう。

すうすうと自分の身体《からだ》に身を寄せて寝《ね》ている子供たちの健康的な寝息が聞こえて来た。

洞窟の入り口は申し訳程度に木の枝を立てかけ、半分ほどをふさいであるが風が容赦《ようしゃ》なく吹きこんで来る。

彼女たちはウェアウルフの亜人《あじん》だけあって、普通の人間よりかはずっと体力的にすぐれているが、これ以上寒気が強まれば厳しい森の中で暮らしてゆくことは不可能だろう。

自分はおそらくひとりでも大丈夫だろう。厚い体毛とすぐれた身体能力をもってすれば獲物を取り続けることは不可能ではない。

自分はただのクマではない。人間並みの知能と手先の器用さを兼《か》ね備《そな》えた獣なのだ。ルルティナたちは心ならずも村を捨て森に入ったが、ここで暮らすために蓄積《ちくせき》された技術も知恵《ちえ》もない。少々腕力《わんりょく》があるからといって、それは動物としてすぐれているとはいえないのだ。エサが取れないということは、野に生きる獣として死を意味する。頭上には切れ切れに流れる雲の向こうに、青白く輝く三日月がくっきりと浮《う》かんでいた。

「クマキチさま。まだ、起きてらっしゃいますか」

「ルルティナか。うん、まだ起きているよ。あまり寝なくても俺は平気なんだ」

一番端《はし》で寝ていたルルティナはごそごそと身を起こすと、意を決したように隣《となり》に座って寝こけている三つ子たちの顔をやさし気な目でジッと見つめていた。

「お願いがあります」

「なんだい？」

「大恩あるクマキチさまにこのようなことを頼《たの》むのは無礼千万であると重々承知の上でお頼み申し上げます。私に、獣たちの取り方をお教えください」

彼女は恥じている。自分がいかに図々《ずうずう》しいことを頼んでいるかわかりきった表情だった。

俺はそんなことまったく気にしていないが、彼女は誇《ほこ》り高《たか》い女性だ。人のよさ……とでもいうのであろうか、とにかく俺が断らないであろうことを見越《みこ》して自活する方法を教授してくれと頼み込むそのこと自体に、強い羞恥《しゅうち》と自己嫌悪《けんお》を抱《いだ》いているのだ。

「ルルティナ。俺の世界には袖《そで》振り合うも他生《たしょう》の縁《えん》という言葉がある。ま、俺もシロクマビギナーなんだが年の功ってやつもあるし、君が望むのならばなんでも協力するよ」

「年の功って……クマキチさまはお幾《いく》つになられるのでしょうか。あ、すみませんっ。また私ったら、無礼なことを聞いて……！」

「はは。そんなの気にしなくていいよ。俺は二十八だ。君よりひと回りも上のお兄さん、いいや、もうオッサンかな。あはは」

「そんなっ。二十八は若いですっ。クマキチさまの毛並みはしっとりしていて、とても美しいです。まるで、白銀のようです」

ルルティィナは消え入るようにポッと頬を染めると、そっと俺の前脚《まえあし》……もとい右腕《みぎうで》を握ってきた。どうでもいいがそれって褒《ほ》め言葉《ことば》なのか？　よくわからんが褒められたのなら、よろこんでおくのが礼儀《れいぎ》というものだろうか。

「ルルティナのしっぽもふさふさしてとても形がいいね。かわいいと思うよ」

うむ。このくらいでいいだろうか。お返しにはちょどいい褒め言葉だ。でも、こういう儀《ぎ》礼的《れいてき》なやりとりって苦手なんだよなぁ。容姿とかに触《ふ》れるとセクハラっぽいし、せっかく仲よくなれた森の仲間なんだから嫌《きら》われるのは勘弁《かんべん》して欲《ほ》しいしね。

「そんなっ……でも、それってそれって……本気ですか？」

なぜかルルティナは顔を真っ赤にしてうつむいてしまった。

いやぁ、こういうときってやっぱ美少女って絵になるよなぁ。

まるで自分が物語の主人公になった気分だ。シロクマだけどな。

「クマキチさま、クマキチさまは、もしやエルム族の方でございますか？」

ん？　なんだ、エルム族っていうのは。また聞いたことない部族名が出てきたぞ。

子細にルルティナの話を聞くと、どうやらこの世界にはクマに酷似《こくじ》した亜人の種族も存在するそうだ。彼《かれ》らは人語を器用に操《あやつ》って二足歩行し、地域によっては亜人として政治参画する知恵者もいるらしい。

人間族には見分けはほぼつかないらしいが、このクマを祖とした種族は獣人系といわれる部族の者にとっては山野を彷徨《ほうこう》する獣の熊《くま》とはまったく違うのですぐにわかるらしかった。だから、俺が喋《しゃべ》ってもあまり驚かなかったんだね。

「それは、クマキチさまの毛皮が伝説と同じく純白だったからです」

なぬ？

「ヴァリアントの森には私の部族だけが知っている伝説があります。その口伝によれば、狼の子らが死地に追いやられしとき、天より白き守護神が下りて悪をことごとく討《う》ち滅《ほろ》ぼし千年にわたって安寧《あんねい》と平穏《へいおん》の基礎《きそ》を森に築くであろう、と。だから私はクマキチさまをはじめて目にしたとき、神が私たちを憐《あわ》れんで顕現してくださったと思ったのですよ」

「ま、俺はカミサマってガラじゃねぇけどさ。できることはやってみせるさ。な」

「はい。ふふっ」

「なんだよ、変な笑い方して。さ、明日も早いんだ、よい子も悪い子もとっとと寝た寝た」

「クマキチさま、私はもう子供じゃありませんよ」

「レディ。夜も遅《おそ》い。早く床《とこ》についてくださいな。夜更《よふ》かしは美容の大敵ですよ」

ルルティナの笑顔。月の光に負けないほど美しいと、俺はそのとき確かに感じていた。

第四話 肉を喰らう者たち

ある程度山歩きをした者ならわかってもらえるだろうが、どんな深山でも注意深く観察すれば、獣道《けものみち》というものは見つかるはずだ。

獣というものは人間が「どうやったら通れるんだ？」という狭い幅《はば》、たとえば二〇センチ程度の道でも駆けながら通過してゆく。

草むらを子細に観察すれば、わずかな歪《ゆが》みや倒《たお》れ方《かた》で森に棲《す》む動物たちが日常的に使用しているかどうかは容易に判断できるのだ。

早朝、昨晩の猪で作ったスープ粥《がゆ》を食したのち、森の散策に出かけた。

すぐ戻《もど》るとルルティナに告げ単独で行動したかったのだ。

けれど知らぬ間にアルティナがこっそりついて来ていたのにはちょっと驚いた。

赤毛の彼女はほかの姉妹に比べて極端《きょくたん》に無口だが、そのほうがこちらも気を遣わなくてすむ。

アルティナは鼻をふんふんと鳴らしながら俺《おれ》の真似《まね》をするように草むらで四《よ》つん這《ば》いに

shirokuma-tensei

なっている。一生懸命《いっしょうけんめい》な様子が微笑ましくてついつい口角が上がってしまった。

「今度は……」

うんうん。なんだい？

「なにをとるの」

くりくりとしたドングリのような瞳《ひとみ》で訊《たず》ねて来る。柴《しば》犬っぽいかわいらしい動作だった。

「見ろ。この丸っこい糞《ふん》を。ここは鹿の通り道なんだ。なので罠《わな》を仕《し》掛《か》けて鹿を捕《つか》まえようと思う」

「前に姉さまが穴を掘《ほ》ったけど、なにもとれなかったよ」

アルティナはそのときのことを思い出して悲しくなったのか、鼻にキュッとシワを寄せた。

「ああ。それはたぶん、通り道じゃないところに罠を仕掛けたんだろうね。熟練の猟師《りょうし》でも地形をよく観察しないと仕掛け罠は難しい。けど、今回は括《くく》り罠《わな》だから……」

「くくる……？」

括るのである。括り罠はそれほど難しい技術を要さない。自在に締まる輪っかを縄《なわ》で作って動物たちが通る獣道にある頭上の枝から垂らすだけだ。

ちょっと運頼みの部分が多いが、基本的に仕掛け罠は一日中山野を駆けまわって獲物を追いまくる必要性がない観点からお得といえばお得感が高い。

ざっとあたりを観察したところ、この森には結構な鹿が生息している。

実際、猟師が鹿よりも猪を好むのはその調理法にあるのだ。

日本の猟師は獲物を取るとその場でささっと料理して食べてしまうので、勢い手の込んだものは作らない。焼くか煮るか刺身《さしみ》で食うかだ。

鹿ってのはどこでもいる動物だし、近年日本なんかでも鹿は異常に増え、かなり低地の住宅街に近い山のふもとでも容易に見ることができる。秦野《はだの》の丹沢山系《たんざわさんけい》なんかに行ってみれば反吐《へど》が出るほど人馴《な》れした鹿を見かけてしまうのも異常なことではあるのだ。

とにかく鹿はたくさんいるし、一匹《ぴき》から取れる肉量も多いのだが、血の気が多い。

その上焼けば焼くほど肉が固くなるので、手軽な調理法を好む猟師のやりかたでサッと焼いて食うというわけにはいかないのだ。

人間、どうせ食うのであれば美味しいほうがいいに決まっているし、そうなるってぇと好まれるのは猪と相場は決まっている。

さらに嫌われる理由をもうひとつ挙げると鹿には異常なほどダニがいる。

鹿を捕《と》らえて解体したことがある人間ならばわかってもらえると思うのだが、やつらは黄粉《きなこ》を撒いたようにバラバラっと毛皮から舞《ま》い落《お》ちる。一度目にすればトラウマだ。

対して猪は非常にこれら寄生生物が少ない。猪は鹿と違《ちが》ってヌタ場と呼ばれる、野山のあちこちに雨などが溜《た》まった場所で泥《どろ》を身体に付着させ、木々に強く身体をこすりつけることによってそれらを駆除《くじょ》していることに起因している。

「とまあ、いろいろ理由はあるがドンドン獲物を捕まえなくっちゃね」

こっちは自分を入れて七人分の食料を継続的《けいぞくてき》に入手しなければならない。好《す》き嫌《きら》いを述べている猶予《ゆうよ》もあまりないのだ。

俺はアルティナと協力して括り罠を森のあちこちに仕掛けた。彼女《かのじょ》は無口であるが呑《の》み込みは早く、手際《てぎわ》もいいので仕掛けは思ったより早く終わった。

時計もないし俺はシロクマなので上手く時間を計ることができない。

人間だったときのくせで左手首にチラチラと視線を向けてしまうのをアルティナが不思議そうに見つめていた。彼女は俺の手首に近づくと顔を近づけてくんくん鼻を鳴らしている。

「なにをしているんだい」

「なにか、あるかと思って」

「なんにもないよ。ごめんね」

括り罠をセットし終えたあとは一旦洞窟《いったんどうくつ》に戻り小休止だ。

「クマキチさまー」

「あそぼ、あそぼー」

「あたしもあそぶー」

戻った途端《とたん》に三つ子たちが俺の身体目がけて飛びついて来た。

はは。なんだか、一夜にしてマイホームパパになった気がするぞ。

「こ、こらぁ。あななたち、クマキチさまはお疲《つか》れになっているのですからいけません」

教育ママよろしく三つ子を叱《しか》るルルティナを制止して、俺は三つ子たちと遊びはじめた。

とはいっても、なにか取り立てて遊具があるわけでもない。

手拭《てぬぐ》いのようなものを座《すわ》りながら投げると、三つ子たちが食いついて来る。

俺たちはそれに噛《か》みついて来る子供たちと引っ張りっこをして遊んだ。

ララ、ラナ、ラロの三人娘《むすめ》は四つん這いになって唸《うな》りながらしっぽを逆立て一生懸命になって引っ張っている。

最初は怒《おこ》っていたルルティナもおだやかな表情になって俺たちが遊んでいるところをほんわか見つめていた。

ホント、仔犬と遊んでいるような気がするなぁ。

ときどき負けてあげるのがコツだった。

しばらく時間を潰《つぶ》したあと、河原に向かった。

「クマキチさま。本日はどちらに行かれます？」

ぴょこぴょこあとをついてきたルティナが訊ねてきた。

「川だよ。今日はたっくさん魚を取って食べようと思ってさ」

「ま。私、お魚いただくの久しぶりなので楽しみです。ほら、みんな。お昼はクマキチさまがお魚を取ってくださるわよ」

「おさかなっ」

「おさかなたべたいっ」

「おさかなだいすきっ」

三つ子たちはわーいわーいと目を光らせて、俺の周りをぐるぐると追いかけっこをはじめた。

彼女たちのよろこびを表現するように、ちっちゃなしっぽは天に向かってぴんと張って、左右にぴょこぴょこ動いていた。

今日もいつものようにガチ漁で充分《じゅうぶん》だろう――。

俺は、何度かやって慣れた漁法で彼女たちの胃袋《いぶくろ》を満たしてやろうと思い、ウキウキした足どりで漁場に移動すると、今まで見たことのない生物が川の流れの中央にどしんと腰《こし》を据《す》えていた。

なんじゃこりゃ？

どう見ても――カニかな？

「クマキチさまっ。大きなカニがおります。あれはデスキングクラブです」

ルルティナが警戒《けいかい》感を露《あら》わにして「ふーっ」と唸った。

確かにデカい。仔牛《こうし》ほどもある大きさのビッグなカニが巨大なハサミをカチカチやっているのはほとんど冗談《じょうだん》染みた光景だった。

かに道楽のシンボルそのままが異世界転移してきたような物体は、甲羅《こうら》の色こそモスグリーンであったが存在感がマジパないレベルで俺的には相当気持ち悪いのだ。

「ほ、放っておけばさ、どっかいってくれっかな？」

「さ、さあ。私も、実物を見るのは生まれてはじめてですので」

「あ、ちょっと！　なにやってるの？　やめなさいよ、アルっ」

金髪《きんぱつ》のリリティナが素《す》っ頓狂《とんきょう》な声を上げた。

視線を向けるとアルティナと三つ子が憤懣《ふんまん》やるかたないといった形相で河原の石をデスキングクラブに投擲《とうてき》しているのだ。

おっ、なかなかいいコントロールじゃねぇか。

……じゃなくてだ！

ぶつけられた石ころに憤慨《ふんがい》したのか、カニ看板もどきは、きゅきゅっと身体を傾《かたむ》けるとこちらに向かって凄まじい勢いで駆けて来た。抜群《ばつぐん》に気持ち悪いよ？

「ルルティナっ。逃《に》げろっ」

俺が吠《ほ》えると同時に、ルルティナはアルティナを抱きかかえて後方へ駆け出した。

素早いもので三つ子たちはとうに草木の茂《しげ》った影《かげ》へ逃げ込んでいた。

さて、相当に不気味であるが俺はこのかに看板とやり合わなくてはならなくなった。

正直、凄いシュールであるが落とせない大一番だ。

この漁場は俺が勝ち取る。

「うおっと！」

デスキングクラブは接近すると唸りを上げてハサミを打ち込んで来た。

鋭《するど》さはどのくらいのものかはわからないが、下手に腕《うで》でも挟《はさ》まれようものなら大怪我《おおけが》は必定である。

素早くバックステップでかわすと距離《きょり》を取りつつ呼吸を計った。

「クマキチさまがんばってー」

「がんばれー」

ルルティナ以下、犬耳娘たちの声援《せいえん》が聞こえて来る。

そうだ。俺は負けるわけにはいかないのだ。さてどうしてくれようか。

カニ野郎《やろう》はシャカシャカと小刻みに動いて俺の腕や身体を傷つけようと、ハサミをぶおんぶおん振《ふ》り回《まわ》してくる。

くそ。無手では不利だ。

爪攻撃《つめこうげき》や噛みつきが決まれば、あの程度の甲羅は一撃《いちげき》で砕《くだ》く自信があるが、結構カニ野郎は動きが素早い。

黙《だま》って逃げ続けるのも限界がある。

俺は河原に落ちていた赤《あか》ん坊《ぼう》ほどの石を拾うと、アンダースローでぶん投げてやった。

がつん、とデカい音が鳴ってカニ野郎の甲羅が凹む。

同時に背後から黄色い歓声《かんせい》がきゃあきゃあと沸《わ》き起《おこ》った。

ここだ――！

俺はだんと地面を蹴《け》って飛び上がると、デスキングクラブのハサミをかわしつつ、やつの背後へと華麗《かれい》に着地成功。

素早く親爪――いわゆるハサミの下の膨《ふく》らんでいる部分を掴んだ。

ふん、と満身の力を込め、ぐわしと折り取ってやった。

が、敵もさるもの、こっちの隙《すき》を衝《つ》いて尖った指節という脚《あし》をガシガシ絡《から》めて来る。

俺はだっと飛《と》び退《の》くと、目についたとびきりデカい岩を持ち上げ、ここぞとばかりにやつの甲羅を目がけて叩き落《お》とした。

ぐちゃめきょっ、と。

とんでもない音が鳴って巨大な甲羅が撓《たわ》む。

よっしゃ、効果は抜群だぜ！

俺は満身の力を振り絞って岩を幾度も幾度も甲羅に叩《たた》きつけ、十数度目でカニが動くのをやめたので、長く息を吐《は》き出した。

ったく、手間取らせやがってバケモノガニめ。

「やったやった、凄いですっ。クマキチさま大勝利ですっ」

うわわっ。ルルティィナが飛び出して来て腰のあたりに抱きついて来た。

「すごーいっ、クマキチさまっ」

いつもは控《ひか》えめのリリティィナも興奮しきって背中にしがみついて来る。

アルティィナや三つ子は勝利の雄叫《おたけ》びを喉《のど》からほとばしらせ俺の背中をよじ登ろうとしている。アスレチック場じゃないからね、ホント。

なんにせよ、短時間でバケモノガニをやっつけられたことで威厳《いげん》が保ててよかった。

ほら、男ってのは勝ってなんぼの商売だからさ。

うう、尊敬の視線が気持ちいいぜ。

しかし実際問題結構エンカウント率高いね。

なにげにわけわからんＵＭＡがあちこちに登場しまくりだしなぁ。

今回、ホントにシロクマでよかったと思わされたよ。

人間の身体のままだったら、絶対詰《つ》んでたよな、マジで。

とりあえず謎《なぞ》のデスキングクラブとかいうカニを退治し終えたので、予定通りガチ漁を行うことにした。

みなが見守る中、巨大な石を持ち上げて瀬《せ》の中央部にある石へとこれでもかとばかりに叩きつけた。

生じるショックウェーブが水中にいる魚たちを失神状態に追い込み、ぷかりぷかりとそこら一面に浮きだたせる作業はオーディエンスたちには大ウケであり、オイラも思わずニッコリ。

「凄いです、クマキチさまっ。お魚がひとりでに浮いてきますっ」

「これは、カミサマの奇跡《きせき》かしら……」

「しゅごいようー。おさかないっぱいだぁ」

「おさかなおさかなー」

アルティナにいたっては無言のまま浮いている魚を抱《かか》えたザルに引き上げだしている。

それに倣《なら》ってみなもここぞとばかりに自然の幸《さち》を回収にかかった。

今回も大量である。数えてみたら八〇匹も取れてしまった。

同じ場所でやるのは根こそぎ取ってしまいそうで怖《こわ》いな。

次回からは場所を変えてやらなきゃね。

今回は取れた魚の量が多いので半分は食べて半分は干物《ひもの》にしようと思う。

まず、ちっちゃな子たちがピーピー泣くので先に焼き魚を作る。

といっても火を起こして、ワタを抜いた魚を木の枝に刺《さ》し放射状に並べるだけだ。

特に難しいことはないので、全員でやった。

ルルティナたちはともかく、三つ子たちに覚えさせることで、こういった生活技術を継《けい》承《しょう》していかなければ知識というものは途《と》切《ぎ》れてしまうのである。

「あら、美味しい」

ルルティナが焼きたてホクホクの魚の身を頬張って上品そうに口元を隠《かく》した。

「おいしいよー」

四〇匹もあった魚はあっという間にみなの腹の中へと納まった。

腹がくちくなれば続いて干物作りだ。

まず最初に集めた魚の臓物を掻き出す。

なのだが、肉の解体用や日常用と衛生面から考えて使い分けたいのが人情ってやつだ。

といっても、ナイフ自体三本しかないので、ここは遊びを兼ねて石ナイフを作ってみた。

打製石器ってやつだ。

ナイフ作りに最適なのは黒曜石などだが、とりあえず割りやすい石ならなんでもよい。

ここは河原だし石はどっさりあるので、手の中に納まる程度のやつを選ぶ。

ナイフにする石を押《お》さえて、ハンマーの役をするもう片方でバンバンとリズミカルに打ち込むと貝殻《かいがら》状に割れて尖った部分が現れる。

時間はたっぷりあるので、できない子にはゆっくりと教えてあげた。

彼女たちはやはり呑み込みが早かった。

ひとりも落伍《らくご》することなく、たちまちおびただしい数のナイフが作製できた。


「お魚さんに日を当ててあげましょうね」

ルルティナが順序良く開いて塩を振った魚を枝に刺してゆく。三つ子たちは高い木の枝に手が届かないので、もっぱら魚を開かせてあげた。

にしても俺ってばこの手で意外と器用になんでもこなせるんだなぁ……と改めて思った。

感覚的には三、四時間程度日に晒《さら》しておいたが、身がカチコチになったところで完成として
しておこう。

今日は鼻歌まじりで洞窟《どうくつ》に戻った。

全員の顔色が昨日とまったく違うことに気づく。

人間、明日に希望が見えなければ暗くなりがちである。


夕刻、俺はひとりで朝方仕掛けた括り罠の成果を確認《かくにん》しに行ったのだが――。

やった！　いきなり取れた！

それも一カ所ではなく、三カ所だっ。

この世界におけるビギナーズラックってやつだろうか。

これであの子たちに、今日も新鮮な肉を食べさせてあげられると思うと頬《ほお》がほころぶ。

それほど大きい鹿ではないが、鹿は鹿だ。

鹿くんは俺の気配に気づくとジタバタもがきはじめた。

……ああ、そうか。俺って冷静に考えるとクマだもんなぁ。そりゃ恐《おそ》れるよ。

だが、そろそろ闇《やみ》が迫《せま》っているので悠長《ゆうちょう》にしている暇《ひま》はないのだ。

俺は「南無《なむ》……」と鹿の前で合唱すると素早く爪を脳天に叩き込んだ。

一発で昇天《しょうてん》である。

シロクマである俺の前では鹿の頭蓋《ずがい》など豆腐《とうふ》のようなものだ。

そうやって三頭を素早く処理すると、俺は鹿を抱えたまま川に移動した。

まぁ、やはりダニは気になるがあとで身体にお湯でもかぶるしかないだろう。

暗くなりはじめたので、まず河原に着いた時点でたき火をした。

そこでハタと気づいたのだが、俺の体毛についているはずのダニがあたりにポトポトと自然に落ちている。

「な、なんだ……こりゃあ？」

ここでシロクマに転生してはじめて不可思議な現象が起きたのだ。

なんと、俺の毛皮は白く発光するともそもそと潜《もぐ》り込んだダニたちを残らず殺しきったのだった。

な、なんか有害な物質でも発しているんじゃないだろうかと、くんかくんか自分の身体を嗅《か》いでみたが、ちっともよくわからない。

これも御仏《みほとけ》のお導きであろうか。

俺は西方浄土《さいほうじょうど》におわします阿弥陀仏《あみだぶつ》にそっと手を合わせて感謝の念を送ってみた。

そんな謎イベントはおいといて、だ。

鹿《しか》の解体が残っている。

鹿の血は濃《こ》いので素早《すばや》く血抜《ちぬ》きを行わなければならないのだ。

喉にある動脈をすっぱり切って放血を行い、内臓を抜いた。

腸を抜くと鹿は相当に軽くなる。三頭じゃ今日の分くらいしかないだろうが、これから猟《りょう》に慣れてドンドンとっていけばいい。

食道をずるずる引っ張って、まだ血が滴《したた》る心臓を引き抜いた。

こいつは刺身で食えるし、今の俺はシロクマ化してるから、ま、多少はね。

と思いつつ生でガブッとやった。

口中に血とじんわりとした甘《あま》みがとめどなく広がってゆく。

甘っ、うまっ……！

なんともいえない野趣《やしゅ》あふれる味に、一瞬《いっしゅん》野生に帰ってしまったぜ。

ふうっ。危ない危ない。

相当にあたりの気温は下がっているのか、裂《さ》いた鹿の腹からは真っ白な湯気が立ち昇《のぼ》っていた。

胃の腑《ふ》を裂いてみると、まだ未消化である草がもさもさっと広がった。スゲェな。これ。

俺は鹿を川の流れに浸《ひた》すと、その間、身体に着いた血の汚《よご》れを落とすために水流の瀬にざぶざぶと入ってゆく。火照《ほて》った身体が心地《ここち》よい。

今日の鹿さんは焼いてしまうより、じっくりコトコト煮込んでしまうほうがいいだろう。焼くと固くなるしね。

「やいたのがたべたいっ」

「こらっ、あなたたち。クマキチさまが取って来てくれたお肉なのに、ワガママいうと食べさせてあげませんよっ」

「びぃいいっ」

煮込み料理を提案すると、よほど昨日食べた猪《いのしし》ステーキが美味《おい》しかったのか、三つ子たちが泣いて喚《わめ》いて駄々《だだ》を捏《こ》ね出した。ワガママなちびっ子たちかわいいな……。

だが、実の姉であるルルティナは看過しえないと見たのか、烈火《れっか》のごとくしっぽを逆立てると、わがままをいう妹たちの首根っこを引っ掴《つか》んで「ぐるるぅ」と異様に低い声で唸りはじめた。ぼ、ボクチンも今のルルティナさん怖いです。

リリティナは、はふうとため息を吐きながら呆《あき》れ果《は》てている。

アルティナのほうはといえば三つ子たちの叫《さけ》びなど耳には入らず、解体した肉たちを隙あらば生でも食うぞ！　とばかりにジッと凝視《ぎょうし》していた。

この子、ほとんどまばたきしないんで怖いですやん。

「じゃ、じゃあさ。折衷案《せっちゅうあん》なんだが、半分は煮込みにして、もう半分は焼いて食べよう」

「ほんとっ」

「やった」

「クマキチさまだいしゅきっ」

「クマキチさまっ。この子たちをあまり甘やかされては、その、困りますよう」

俺が割って入ったことでルルティナもようやく、やや折れたようだった。

それに対して三つ子たちは俺の脇《わき》や背中にくっついてきゃっきゃっと楽しそうに笑い転げている。

え……今の嘘泣《うそな》きなんですか？

「クマキチさましゅきー」

「ねえさまきらいーっ」

「このっ……！」

ルルティナが手を上げてぶとうとすると、ララ、ラナ、ラロの三人は巧《たく》みに俺の肩《かた》へとするする登り、あっかんべえをした。

闇夜《やみよ》にもルルティナの眉間《みけん》にとんでもなくシワが寄っていることが分かった。怖し。

まず煮込みであるが、鍋《なべ》に切り分けた鹿肉と、玉ねぎとニンジン、それに獣脂《じゅうし》をぶち込んで、酒をそそいで蓋《ふた》をし、とろとろと時間をかけて煮込むことにした。

そんで、ちびっ子たちお待ちかねの焼肉である。俺は咬筋力が強いので焼いてカッチカチになった肉でも余裕《よゆう》で食えるのだが、ちょっとウェアウルフ族を見誤っていたよ……。

彼女たちは焼きまくって固くなった肉を容易に歯で引き千切りながら、ガフガフ食っていた。

そうだよなぁ、彼女たち普通《ふつう》のヒューマンじゃないんだよねぇ。

夫婦《ふうふ》喧嘩《げんか》になったら喉元《のどもと》噛み千切られて、一発で終わりだよなぁ。

ルルティナも、キラキラ光る犬歯で肉を切り裂いて噛み下している。

いいんだよ、いいんだけどねぇ。

鹿肉シチューもようっく煮込《にこ》んだのでやわらかく美味しかったです。

これって煮込み過ぎても、肉がボロボロになるし……ジビエ料理専門店の人なんて大変だろうなぁ、と思いつつ残らず平らげたのだ。

俺は今日も今日とてルルティナたちの家で軒下《のきした》を借りることとなった。

実際、こんなデカいやつが泊《と》まったら邪魔《じゃま》じゃなかろうか？　と気を遣って、どっかほかの場所で寝ようかと伝えたら涙目《なみだめ》で拒否《きょひ》された。なんでだろうか。

「クマキチさまー。ふかふかするぅ」

「あたしもあたしもー」

「いやん、そこラロのばしょー」

とちびっ子たちには大人気だ。

こうまで好かれれば力になってやりたいと思うのが人情ってもんだろ。

三つ子は昼間暴れまくって疲れ切ったのか、すぐにすうすうと眠《ねむ》りこけた。ふと気づくと、ルルティナたちは自然と俺の身体にすり寄っている。気持ちはわからなくない。

この洞窟は仮の宿とはいえ寒いのだろう。俺は強力な毛皮のおかげで微塵《みじん》もそういったものを感じないのだが、日が落ちると冷えるらしく彼女たちは一様に身を縮こませていた。

「ルルティナ。ちょっと思いつく限りでいいんだが、今、おまえたちが持ってる所持品の中に大工道具のようなものってないよなぁ……？」

「クマキチさま。私たちは砦《とりで》が落ちる寸前に着の身着のままで逃げ出しました。途中《とちゅう》の村々で、わずかな食糧《しょくりょう》とかちょっとした刃物《はもの》は手に入れられたのですけれど、そういったものは、ふもとの村とか、あるいは大きい町とかに行かなければ手に入らないと思います。お力になれず、申し訳ございません」

「いや、別にとがめだてしているわけじゃなくてさ。そういうのがあればなぁって思っただけだからさ。大工道具があれば、ここは材料にこと欠かないし色々作れるなぁ、と思っただけさ。そう、あまり気にするなよ」

「でも……」

ルルティナはしゅんと犬耳を伏《ふ》せて悲しそうにうつむいた。

実のところ、俺の中にはひとつの計画がカタチになりはじめていた。

俺自身はたぶん雪が積もったとしても問題なく冬を越《こ》せると思うのだが、ロクな設備もノウハウもなくここにやってきた彼女たちは間違《まちが》いなくこのままではまずいだろう。

てなわけで、アウトドアの達人であるこの俺が持てる知識を駆使《くし》して、彼女たちに「おうち」をプレゼントしちゃおうと思ったわけだよ！

そこまですれば、ま、同居とはいわないまでも、ときどき遊びに来て泊まったりするウィンウィンな関係が築けると思うし、第一美少女たちと懇意《こんい》にできるのはシロクマ化した今の俺からしても実に心弾《こころはず》む未来設計図なのだ。

だが、今のうなだれるルルティナを見ると、無理やり里に下りて大工道具を手に入れて来いともいえない。彼女の人間アレルギーは相当なものなのだ。

かといって、シロクマの俺が「こんにちはニンゲンさん。大工道具を譲《ゆず》ってくれませんか」とちょっと野太い声で語りかけても、ただの捕獲《ほかく》事案だろう。

クマ牧場の入り口に飾《かざ》られている同胞《どうほう》の二《に》の舞《まい》もあるでよ！

「そういえば……」

ずっと黙って自分の三つ編みを触《さわ》っていたリリティナが端整《たんせい》な眉《まゆ》をひそめてちょっと思い出すような仕草をとった。美少女はなにやっても絵になるなぁ。

「姉さん。覚えてません？　ここに来る途中でドワーフ工人が住んでいたらしき廃屋《はいおく》があったのを」

「あ……！　でも、あそこってあまりにボロボロだったから、よく見ないで通り過ぎちゃったのよね」

ん？　なんだね、君たち。ぼくに詳《くわ》しく説明プリーズよ。

「クマキチさま。ここから一〇里ほど離《はな》れた場所に、たぶんですけどドワーフの工人が使用していた廃屋がありました。近くには、そのニンゲンの木こりが使用していた物置もありましたので、それを拝借しましょう」

え？　でも、それってまだ村人の誰《だれ》かのものってことだよね。ボキ、ドロボーは……。

「――どうせニンゲンのものなんですよ。なんの気兼《きが》ねもなくもらえるじゃないですか」

ルルティナの口調。完全に闇落ちしたものだった。

くっ、なぜだろう。良識を振りかざすことができないぜ……！

いまさら道義心うんぬんをいってもはじまらないか。

ルルティナにしてみれば、人間たちに村を焼かれ、恨《うら》み骨髄《こつずい》なのだ。逆にこれくらいで溜飲《りゅういん》を下げられるのならと思えば、許容範囲内《はんいない》でもある。


翌朝、俺とルルティナとアルティナ三人は洞窟から東に三〇里（ロムレス里らしいが、そもそもロムレスの基準がどのくらいかわからないので基準にならない）離れたドワーフ工人の廃屋目指して出発した。

洞窟に残る三つ子たちは昨日取った鹿肉とかの余りがあるので、それほど心配することもない。念のためにしっかり者のリリティナを残しておいたので大丈夫《だいじょうぶ》だ。

ぶっちゃけていうと、アルティナは十歳《さい》であるがみっつ上のリリティナと体格的にあまり変わらないのだ。

個人差はあるが、結構な力持ちだ。そういった意味では荷物運搬《うんぱん》に力強い供であるといえる。

脚も強い。黙々《もくもく》と文句もいわずよく歩くのだ。リリティナはアルティナに比べて体力的には落ちるので、この人選で問題はないだろう。

俺はルルティナの記憶《きおく》に従って森を移動した。途中には、アケビの木があったので、思うさま取って気のすむまで喰《く》らった。

アケビの実はぷつぷつした種がちりばめられており、ねっとりとした舌触《したざわ》りだ。

もっともどれだけ食っても腹が膨れるといったたぐいのものではなかったが、ふたりの女子には中々人気だったのでよしとしよう。

次いでブラッドベリーという実も発見した。たぶん、地球にはないこの地特有のものである。俺もコイツは知らないな。

相当に香《かお》りが強いので、俺はちょっと辟易《へきえき》したのだが、どうやらウェアウルフたちはこういった匂《にお》いが強烈《きょうれつ》な食べ物を好む傾向《けいこう》があるらしい。ふたりのしっぽの振りようを見れば歓喜《かんき》していることはすぐわかるのだ。

日が落ちたところで、巨大《きょだい》な木のうろに入って休んだ。

「すみませんクマキチさま。なんだか毛布代わりにしてしまって」

ふふ。構わないさ。美少女ふたりを抱《だ》っこして眠れるなんてちょっとしたぷちハーレム気分だからな！

ホーホーとミミズクの鳴き声を聞きながら眠りにつく。

無論、なにが襲《おそ》って来るかわからない森の中だ。俺は半ばうつらうつらしながらも、周囲にどのような異変が起こってもすぐに対応できるよう、オートで気を張《は》り巡《めぐ》らせている。

「クマキチさまぁ……」

寝《ね》ぼけて顔をこすりつけて来るルルティナの髪《かみ》を撫《な》でながらくおおっと軽くあくびを噛《か》み殺《ころ》した。

さあ、明日はいいものが見つかるかな？

第五話

文化的最低限度の生活

ドワーフの工人が使っていたという廃屋には次の日の昼どきには到着《とうちゃく》した。

というか、なにげにドワーフってF世界の単語が出ちゃうところが凄《すご》いよな。

俺の脳内にはコミックとかサブカル的な短躯《たんく》で髭《ひげ》モジャおじさんの画が浮《う》かんだ。

廃屋のある区画は森の開けた場所にあった。

ルルティナとアルティナが盛んに鼻を鳴らしている。警戒しているのだろう。

俺の嗅覚《きゅうかく》レーダーにも危険は引っかかって来ない。警戒はし過ぎということもない。

あたりを見回すと、作業中で廃棄《はいき》された材木が半ば朽《く》ちかけていた。

どうやら木工を営む人々はここを使っていたらしいが、なんらかの理由で放棄《ほうき》したのだろう。

「建物は、そんなに古くないな」

「クマキチさま。気をつけてください。あの物置からは人の臭《にお》いがします」

ううっとルルティナがしっぽを立てて嫌悪《けんお》感を露わにしていた。

朽ちた建屋から離れた場所に、やや小さめの倉庫らしきものを発見した。

なるほどね……。

作業場のかまぼこ型の建屋に比べればあちらはまだしも綺麗《きれい》に見える。

そっと近づいてみると、錠《じょう》がかかっていた。ふんぬと爪《つめ》の一撃であっさり壊《こわ》す。

おおっ。こりゃ宝の山じゃねぇかっ。

中は思った以上に片づけられていてお目当ての大工道具がきちんと整理された状態で置かれていた。

俺《おれ》は蜂蜜《はちみつ》を見つけたクマみたく、鼻面《はなづら》をあちこちの棚《たな》に突っ込んで使えそうな道具を検品した。

結果、手に入ったものは、オノ、ヨキ、大ガマ、ナタなどの各種。

大鋸《おが》がかなりの種類あるところをみると、木挽《こび》き職人もいたようだ。

大工用のノコギリが三〇丁近く手に入ったのはうれしい誤算だった。

それらを手入れする道具各種に、墨壺《すみつぼ》や釘《くぎ》に雑多な補助用品――。

大小のナイフやクサビなんかも手に入った。

よっしゃよっしゃと小躍《こおど》りしたいくらいだ。

「あの、クマキチさま。なにをなされておいでなのですか……？」

いかんいかん。つい、無様にクマ踊《おど》りを見せてしまった。自制せねばな。

一方、食物を期待していたのかルルティナとアルティナは目に見えてしょんぼりしていた。

ま、女ってのはそんなもんだ。気持ちはわからんでもないが。

できれば日用品をどうにか恒常的《こうじょうてき》に手に入れる方法も模索《もさく》したい。

となれば人間と触《ふ》れ合《あ》うのはさけて通れないのだが、そのあたりもジックリ考えてみよう。

なにせ、時間だけはたっぷりあるのだから。

「クマキチさま。箱車を見つけましたっ」

あたりをごそごそやっていたルルティナが部屋の片隅《かたすみ》から、かなりの容量を積載《せきさい》できそうな箱車を見つけてくれた。長方形の箱の四隅《よすみ》に鉄の車輪がついている。森の中はデコボコだらけだが、ここはひとつ頑張《がんば》って少しでも多く文明の利器を持ち帰りたいところだ。

三人で苦労して雑多な道具を箱車に詰めた。

よし。この程度なら俺の力で楽々運べそうだ。

「こらっ、アルティナ。勝手に乗っちゃダメでしょうっ。なにを考えているの？」

いつの間にか荷物を満載《まんさい》した箱車の上にアルティナがちょこんと腰かけていた。

スーパーで子供がカートに乗りたがるのと同じだね。

「いいよ、ルルティナ。この子がひとりくらい乗っても変わらないよ」

「ああ、クマキチさまはおやさしいからそういわれますが……あ！　調子に乗っちゃダメでしょっ、もおおっ！」

アルティナは無表情のまま「いぇい！」と右腕《みぎうで》の上腕《じようわん》二頭筋に左手を添《そ》えてガッツポーズを取っている。怒《いか》り心頭の姉を前にして、この者結構な猛者《もさ》である。

ルルティナはぴーっと頭から湯気を出しそうな勢いでぷんすか怒っている。

いつものように取《と》り澄《す》ましているより、こっちのほうが自然で愛らしいと俺は思うぞ。

「そんなにぽんぽこ怒るなって。ルルティナも乗りたきゃ乗っていいぞ」

「え……？　わ、私は子供じゃありませんから、そのようなものに乗って遊んだりはいたしませんっ。酷《ひど》いです、クマキチさまっ」

ああ、それは失礼。でもルルティナはそっぽを向いてもしっぽが未練げにぴこぴこ細かく動いているから気持ちはバレバレなんだよなぁ。

などと、ほんわか和《なご》んでいると、俺の嗅覚が記憶に残っていた強烈なそれを捉《とら》えた。

「クマキチさま――気をつけてください」

今しがたじゃれていたルルティナの声が剣呑《けんのん》なものへと一瞬で変化した。

いや。それは深い憎悪《ぞうお》が込められているといっていいだろう。

俺たちは、遠くから近づてい来る幾《いく》つもの人間の臭いを敏感《びんかん》に嗅ぎ取っていたのだ。

アルティナも箱車から飛び降りて、ううっと唸りながら警戒感を露わにしている。

彼女《かのじょ》たちの一族は人間の兵隊のせいで一族全滅《ぜんめつ》に近い煮《に》え湯《ゆ》を飲まされたのだ。

その恨み、その怒りは骨髄にまで染《し》みとおっているのだろう。

素早く箱車を見えにくい藪《やぶ》に隠すと同時に三人で身を潜《ひそ》めた。

「抜《ぬ》くな」

俺はかがみながらも抜刀《ばっとう》しようとしていたルルティナに命じた。

いつもは素直《すなお》な彼女は悔《くや》しそうに唇《くちびる》を噛むと渋々鞘《しぶしぶさや》から手を離した。

無用なトラブルはさけたい。俺が元人間であることを差し引いても、空き家を物色したのはこちらなので利は倉庫の持ち主にある。

彼《かれ》らはなんらかの理由でこの工場を放棄したのであろう。建屋のあちこちには、ルルティナたちがいっていた人間以外の独特の臭気《しゅうき》――それがおそらくドワーフのものだろう――もあったのだが間違いなく人間の残滓《ざんし》もあったのだ。

できれば顔を合わせずに逃げ出したいところだが。

俺の願いも虚《むな》しく、木立の向こうから現れたのは粗末《そまつ》な衣服に身を包《つつ》んだそれほど若くない人間の男たちと、ずんぐりむっくりしたドワーフたちが見るからにビクビクしながら肩を寄せ合ってあたりを神経質そうに見回していた。

間違いなくなにかを恐れている――？

警戒の仕方が尋常《じんじょう》じゃない。ざっと数えて、十四人ほどだが各々《おのおの》手に手に武器を携《たずさ》えている。

槍《やり》だの剣《けん》だの斧《おの》だの弓だの多種多様だ。

「あいつら、やっぱり私たちを追いかけてきて――ッ」

ルルティナはほとんど睨《にら》み殺しそうな形相で両眼を血走らせていた。俺が制していなければ、今にも人間たちに飛びかかって行って殺し合いをはじめそうな勢いである。そこには日頃《ひごろ》姉妹たちと接しているような慈母《じぼ》のようなあたたかい笑《え》みはなく、手綱《たづな》のはずれた獰猛《どうもう》な狼《おおかみ》を思わせる狂気《きょうき》を双眸《そうぼう》に滲《にじ》ませていた。幼いアルティナも同様だ。言葉を発しないだけ、そのいたいけな怒りはいっそ憐《あわ》れであった。

俺はそっとふたりの身体《からだ》を抱き寄せると怒りを満面にほとばしらせている姉妹をジッと見据《みす》えた。

正直なところ、俺は山で滑落死《かつらくし》するまで平和な世界に生きてきた平凡《へいぼん》な日本人だ。

一族が根絶やし同然にされた彼女たちの苦衷《くちゅう》など想像を馳《は》せることすら上手《うま》くできない。

けれど、彼らが本当にルルティナたちを追ってやってきた者たちかどうかはわからない。

甘いといわれようとも判然としない理由で殺し合いなどできるかよ……！

「クマキチさま……」

耐《た》えてくれとしかいえない。思いが通じたのかふたりの瞳《ひとみ》からは狂気が嘘《うそ》のように虚空《こくう》へと溶《と》け出して、元のやさしげな色へと戻《もど》っていった。

「もう、大丈夫です。私たちは怒りだけに囚《とら》われたり致《いた》しません。ご迷惑《めいわく》をおかけしました」

そうそう。そんな感じで。かわいい子にはいつも笑っていてもらいたいものである。

「な、なんでぇなんでぇ。心配するほどのこともなかったじゃねぇか」

今や顔までしっかりわかる距離でそばかすを浮かせた二十代前半ほどの男が上ずった声で気勢を上げていた。

「シロマダラなんてただの迷信《めいしん》だっていうが……」

「オタつくんじゃねえやいっ。こえぇこえぇって思うからなんでも恐ろしく見えるのさ」

「これだからドワーフどもは臆病《おくびょう》で困るぜ」

「ま、今までが万事《ばんじ》心配し過ぎだったってことさ」

「これからはおれたち村の若者組になんでも相談するこった」

男の口ぶりからすれば、どうやらふもとの村の若者がなんらかの理由で作業場を放棄したドワーフたちを無理やりここまで引っ張ってきたらしかった。

この調子であたりを調べられたら面倒《めんどう》なことになるな。

そう思って俺が手に入れた（強奪《ごうだつ》したともいう）お宝をあきらめようかと迷ったとき、騒《さわ》がしくしていた集団から森中に響《ひび》きそうな悲鳴が木霊《こだま》した。

げえっ。なんじゃありゃ？　蛇《へび》か――！

俺は蜘蛛《くも》の子を散らしたように逃げ出した集団の中央に頭を突っ込んでいるとてつもなく巨大な蛇を見て腰《こし》を抜かしそうになった。

かつて俺が人間だった頃《ころ》、夜の洋画劇場で繰《く》り返《かえ》しやっていたアナコンダという映画を彷彿《ほうふつ》させるような大蛇《だいじゃ》が、あれよあれよという間にひとひとりを頭から咥《くわ》えて、天高く持ち上げると素早く嚥下《えんか》してゆく。

ぎょりっぎょりっとかぐぎっぐぎっという、人間の血肉と内臓と骨とをまとめて挽《ひ》き潰《つぶ》すような音がやけにクリアに聞こえて来た。

「た、たたた、助けて……」

逃げ遅《おく》れて蒼《あお》ざめた男がぺたんと尻《しり》をつけたまま、ずりずりと背後に退《すさ》ってゆく。

完全に腰が抜けていて立ち上がれないのだ。集団は持っていた武器を残らず放《ほう》り出して助ける素振《そぶ》りすら見せない。恐怖《きょうふ》で完全に精神が囚われている。

仕方のないことだ。俺には関係ないことだとすませられるほど達観はしていなかった。

俺は元来臆病だ。ヒーローに憧《あこが》れたことなどない小市民だし、一番大事なのは自分の命であると誰に聞かれてもハッキリ答《こた》えることができる。

――ただ、憐れっぽく逃《に》げ惑《まど》う男の悲鳴を聞いたのだった。

蛇からしてみれば当然のごとくである生存活動であり、それを邪魔するのは森のルールに反しているかもしれないが、黙って見ていられないのがガキの時分からの性分《しょうぶん》だ。

体毛をザッと逆立て筋肉を強張《こわば》らせると怒りと悲しみと――それからほのかな安堵《あんど》を滲ませたルルティナが複雑な表情でこちらを見ていた。

行ってくるよ――。

返事はもらえなかったが、振り返らずとも彼女がうなずいていると断じるのは俺のエゴなのだろうか。

下っ腹に力を込めてありったけの声を吐き出した。

地響《じひび》きを鳴らして天地を揺《ゆ》るがすとっときの咆哮《ほうこう》だ。

大蛇は突貫《とっかん》する俺の熱量を感じ取るとあきらかに鎌首《かまくび》をもたげて警戒《けいかい》の度合いを強めた。

そうだ。そんな雑魚《ざこ》相手にするんじゃない。

おまえの相手はこの俺だ。

身体を真っ白な弾丸《だんがん》にして突っ込んだ。

相手の頭はフォークのショベルほどあった。

なにもかも無視して頭から体当たりをかました。

ずうんと、全身に手応《てごた》えを感じた。

確実に大蛇を吹《ふ》っ飛《と》ばす大気の流れを体毛という体毛に浴びて奥歯《おくば》が震《ふる》えた。

大蛇は背後にあった楡《にれ》の木に激突《げきとつ》すると無数の葉を散らしながら身をくねらせた。

「――早く逃げろっ」

「クマが喋《しゃべ》った……！」

うるせえっ。俺はクマはクマでもただのクマじゃねぇ。極《きわ》めつけのシロクマだ！

のたのたと男が逃げ出すのを横目でチラチラ見ていると蘇《よみがえ》った大蛇がシャーシャーと威《い》嚇《かく》音を出しながら戦線に復帰したのを確認した。

カーンカーン。こっからは俺とおまえの無制限一本勝負、無論ガチだ――！

頭の中でゴングを鳴らしながら、大蛇に突《つ》っかけていった。

俺の武器は噛《か》みつきと引《ひ》っ掻《か》きだ。特に両手の爪はなまじの剣よりよく切れる。

流星のように駆《か》けながら大蛇の無防備な身体目がけて斬撃を放った。

ぞぶり、と。

肉を穿《うが》つ鈍《にぶ》い音が鳴って、青黒い体液がびしゃびしゃとあたりに飛び散った。

爬虫類《はちゆうるい》の冷たい体液だ。

おまけに鼻が曲がりそうなくらい嫌《いや》な臭気が立ち込める。

激しくえずいてあげそうになる。

こいつとは血の一滴《てき》に至るまでやはり相容《あいい》れない。

痛みを感じているのかどうかは知らないが、大蛇は瞳に冷たい怒りの炎《ほのお》を燃やして反撃《はんげき》に出た。

びゃっびゃっと上顎《うわあご》の牙《きば》からもの凄い勢いで透明《とうめい》な液体を放出させて俺の顔面を狙《ねら》ってきやがった。

直感的にやばいと思って飛び退ってかわした。

液体が触れた地面がしゅうしゅうと白い蒸気を立てて溶け出してゆく。

間違いない。これは強力な蛇毒だ。しかも一瞬で大地をとろかす極めつけだ。いくらシロクマさんの体毛が丈夫《じょうぶ》であっても、こんなものを喰らったらただじゃすまないだろう。

必死になって、右に左に跳躍《ちょうやく》して大蛇の飛び道具をかわしまくった。

くっそー。男ならンなもん使うなよ。ステゴロで決めようぜ！

といっても、向こうは組まずにこっちを倒《たお》せるのならそうするに決まってる。

「こ、このままじゃジリ貧だ……いずれこっちが先にやられちまうっ」

なにしろこっちはこの巨体《きょたい》だ。攻撃《こうげき》をさけ続けるのは限界があるだろう。かといって毒液をかいくぐって特攻《とっこう》攻撃をするのは痛そうで嫌だ。

それらを勘案《かんあん》したうえで俺は獣《けもの》らしくない方法を取ることにした。

武器――使わせてもらいます。

さいわいにも、村の若衆《わかしゅ》たちが落としていった武器がそこらじゅうに転がっている。

わはは、蛇公。俺の手先が異様に達者なチート故《ゆえ》の攻撃アラカルトを味わうがよい。

俺は前転しながら「はっ！」と格好よく気合を込めて落ちていた槍を拾った。

それから素早く蛇の頭部に向かって投擲《とうてき》した。

相手もそこまで阿呆《あほ》ではないので、さっと身をかがめてかわす。

そこで第二陣《じん》です。

続けて拾った斧を身体を充分《じゅうぶん》たわめて力を込めながらぶん投げる。

必殺のトマホークだ！

しゅるしゅると弧《こ》円を描《えが》きながら斧は飛翔《ひしょう》すると大蛇の身体を激しく切り裂いた。

痛みに耐えきれないのか、大蛇がひるんで後退のそぶりを見せた。

俺はここぞとばかりに地を蹴《け》って飛翔すると大蛇の上顎に向かって爪を振《ふ》るった。

そうだ。毒を噴出《ふんしゅつ》させていたのはここからなんだ。

牙さえ手折《たお》ってしまえばどうということもない――――！

フルスイングした両手の爪が見事に大蛇の毒牙《どくが》を根元から断《た》ち切った。

白い牙は回転しながら宙を舞《ま》うと、遠くの草むらへと姿を消した。

続けざま俺は大蛇の首根っこに両腕《りょううで》をかけて噛みついた。

俺の自重は半トン近くある。咬筋力も並大抵《なみたいてい》ではない。

大蛇も嫌がって全身をくねらせる。

激しくのたうつため、その都度俺はあちこちを地面にぶつけたがここで解放すればやられるのはこっちのほうだ。

ぎりぎりみちみちとかぶりついた大蛇の首肉が裂けていく音を確かに聞いた。

やがて、大蛇はくたりと力を失って動かなくなると、俺は噛み込んでいた肉を無理やり引き千切って勝利の凱歌《がいか》を高らかに上げたのだった。

ぜいぜいと両肩《りょうかた》を揺らしながら呼吸を整える。

心臓がバクバクと鳴《な》り響き目の前が霞《かす》んだ。

長々と伸《の》びている大蛇は全長で二十メートルはあるだろうか。さっとあたりを見回すと、人間やドワーフ、それにルルティナたちが凍《こお》ったように立ちすくんでいた。

耳がキーンと痛くなるほどの恐ろしいまでの静寂《せいじゃく》が横たわっていた。

「か、カミサマだ。伝説の森の守護神が、おれたちを救ってくださったのだ……」

ドワーフのひとりが緊張《きんちょう》に耐えかねてぼそりとつぶやくと、それを耳にした全員が地に額をこすりつけるようにしてその場に平伏《へいふく》した。

あ、あれ……？　これって、なんぞ？

男たちは威《い》に打たれたかのように固まって顔を上げようともしない。

ん、んんん。これはチャンスかもしれん。上手くやれば、村人の人心を掌握《しょうあく》してルルティナたちの身を上手く守ることに繋《つな》がるかも。

そう思った俺は、できるかぎり厳《おごそ》かな口調で頭を垂れた人々へと神が接するような重々しい口調で語りかけた。

「ニンゲンの子らよ……悪辣《あくらつ》なる魔《ま》の蛇は神たる白き守護神が征伐《せいばつ》した……もう心配することはない……」

「へ、へへえっ」

「我はこの森で無意味に争《あらそ》うことは好まぬ……難を逃《のが》れて……遠くから落ち延びて来た憐れな民があらば……慈悲《じひ》の心を持って接するのだ……いたずらに兵を起こして追いつめることは……神の怒りに触れると心得よ……」

「あ、ありがとうごぜえやすっ、カミサマ！　け、けど、オラたちひとつわかんねぇことがあるだよ」

「お、おい。サムエルっ。カミサマに失礼だんべ」

む？　神たるこの我に問いかけるとは小癪《こしやく》な。いいだろう答えて進ぜよう。なんでも聞いてねっ。

「あの蛇はすっげえバケモンだったけんども、森の近くの村々を襲っていたシロマダラじゃねえみたいだっぺ……このままじゃオラたちは山の入会地にも入れねっし、冬支度《ふゆじたく》もまならねえだ。できますればカミサマのお力でシロマダラを退治してもらいてぇだ。村では冒険者《ぼうけんしゃ》を雇《やと》いたくても銭《ぜに》コもねえだし。おねげぇしますだっ！」

むむむ。この血を吐《は》くような言葉。シロマダラってのがなにかはわからんが、とりあえずあとで考えておくとして、この場は寛大《かんだい》な上なにもかも把握《はあく》している感をたっぷり出しておこう。嘘も方便っていうしね！　崇《あが》められる対象が揺るいだら信者も落ち着かないだろう。

「シロマダラのことは任せておけ……それと難を逃れてきた亜人《あじん》たちにはやさしくしてやるのだぞ……と、これはつけ加えておくが、小屋にあった蛇の毒で穢《けが》れてしまった道具は我の手でおまえたちに難が起きぬように回収しておいた……ありがたく思うがよい」

冬までにはあらゆる邪悪《じゃあく》を取り除くと約束すると、男たちはペコペコしながらその場を去っていった。

ふう。これで村人も幾らかは森にいるルルティナたちを思いやってくれれば、ロムレス兵たちが追跡《ついせき》に来たとき少しでも煙幕《えんまく》の役を果たしてくれるかもしれん……。

一仕事終えた俺は大蛇の死骸《しがい》を跨《また》いで草むらの傍《そば》で立っているルルティナたちのもとへと戻る。

蛇の首は完全に千切れていたが、よく見ると胴体《どうたい》の部分は微妙《びみょう》にウロコが揺れているようにも思える。蛇って生命力が強いからなぁ。まさか生き返ったりはしないと思うが、それなりに手ごわい相手だったぜ。

「カミサマ――やはりクマキチさまは伝説の守護神であらせられたのですねっ！」

「は？　いやいやいや、なにをいっているんだよ……」

ルルティナは瞳に涙を浮かべたまま顔を真っ赤に紅潮させ、その場に跪《ひざまず》き俺に向かって祈《いの》りを捧《ささ》げだした。アルティナも姉に倣《なら》って地面に両膝《りょうひざ》を突き、深々と頭を垂れていた。

「あのような下等なニンゲンたちを見捨てぬ海のように深き慈悲に、私は、私は自分が恥《は》ずかしいですっ。怒りに囚われて弱きものを救うというウェアウルフの掟《おきて》を一瞬でも失念してしまうなんて……私の罪は万死《ばんし》に値《あたい》します。ああ、それに比べてクマキチさまの心のやさしさと勇猛《ゆうもう》さこそ、神が神たるゆえんでございます」

君、俺のこと持ち上げ過ぎだからぁ！

このあと誤解を解くのにかなりの時間を要したのだが、ルルティナはそれが俺の世を忍《しの》ぶ仮の姿とでも勝手に思い込んだのか敬慕《けいぼ》の念が瞳から消えなかった。

ううん。俺としてはもっとフレンドリーにして欲《ほ》しいんだがなぁ。一方アルティナは「普段《ふだん》通りにしてくれ」と頼《たの》むと、俺の背中にぴったりくっついたりよじ登ったりして無《む》邪気《じゃき》な姿を見せてくれた。

ま、まあ、いいんだけど、いいんだけどぉ……。

いろいろ想定外のことが起きたが、無事当初の予定以上の収穫《しゅうかく》があったのでついているといえばついているのだろう。

「クマキチさま、姉さん、お帰りなさい。なにごともなく無事でよかったです」

拠点《きょてん》に戻りしなリリティナが金色のおさげを揺らしながらパタパタ駆けて来た。

よほどさびしかったのか、甘《あま》えん坊《ぼう》な三つ子たちはくふんくふんと甘え鳴きをしながら俺たちにむしゃぶりついて来る。顔中をべろべろ嘗《な》め回《まわ》されるのはちょっと辟易したが、ルルティナは目尻《めじり》を下げげっ放しで妹たちのやりたいようにやらせていた。

丸三日も家を空けていたのでまずは括《くく》り罠《わな》の状態が気になる。早速《さっそく》調べに入ったら、八頭も鹿《しか》がかかっていたので、再び河原でさばいて肉を持ち帰った。

冬に備えての食料集めはもちろんのことだが、居住関係についても早急《そうきゅう》にとりかからなくてはならない。

「クマキチさま。どちらへ行かれるのですか？　お帰りになったばかりですから、少しは骨休めなどされては。お茶などいかがですか」

リリティナはどこかのんびりとした口調でニッコリと微笑《ほほえ》んだ。相も変わらずお嬢《じょう》さまの雰囲気《ふんいき》を醸《かも》し出しているが、これもすべて君らのためなんだよう。

「ちょっと木材を調達してくる」

「木材ですか？」

なんのために、と本当にわからないのか小首をかしげている。

無論、住みやすいマイホームのためだ。

俺は尻を振り振り建材を仕入れるため、あらかじめ目をつけていた杉林《すぎばやし》に向かった。

なにも具体的なことは伝えていなくても、一家は俺のケツにくっついてくる。

群れで行動するのがウェアウルフの習性らしい。彼女たちは俺が待っていろと命じない限り当然のように一家そろってお供してくれるのだ。ちょっとうれしいかも。

誰もが知っているとおり、杉、檜《ひのき》、欅《けやき》の三種は構造材としてすぐれているし堅牢《けんろう》であり、丈夫な上長持ちする。

たいして時間もないので丸太を並べたログキャビンを作ろうと頭の中に絵図面はでき上がっていた。

「ねーねークマキチさまー。なにするのぉ」

「なにすゆの？」

「あそぶの？」

うんうん三つ子ちゃんたちよ。君らは危ないからあっちに行ってなさいね。

住処《すみか》を立てる場所は、洞窟《どうくつ》のすぐそばでいいと思う。

あそこはすぐそばに小川が流れているし、やや小高い場所にあって平面な場所が広く伐《ばっ》採《さい》した丸太を置く余裕《よゆう》も充分にある。

「んじゃ、そろそろはじめようかな」

俺は風雨や積雪に耐えうる丸太小屋を作製するため、シロクマの膂力《りょりょく》にものをいわせて次から次へと杉の木を伐採にかかった。

別に未経験ってわけではない。田舎《いなか》ではマタギのオジィに手伝わされて木こりの真似《まね》ごとを散々やったものだ。そのへんは任せてよ。

さて生木は水を含《ふく》んでいるので思っている以上に重いのだ。

俺のようなシロクマなら少々倒れて来ようとも「えいやっ」と力技《ちからわざ》で撥《は》ね除けたりすることも可能なのだが、できれば怪我《けが》をするリスクはさけたいので慎重《しんちょう》に倒す方向なども考えねばならない。

まず倒せる空間を把握し、木が横倒《よこだお》しになる地点はあらかじめ邪魔《じゃま》な小枝とかそういったものをどかしておくのが重要だ。これらの作業はルルティナが姉妹を指揮して率先《そっせん》して当たってくれた。

「みんな、クマキチさまのお手伝いをしましょうね」

「うー。がんばるぅ」

三つ子たちは作業に参加できるのが楽しいのか、ちっちゃな身体を使って懸命《けんめい》に枝や小石をどかしてくれる。子供が頑張ってお手伝いしてくれるのってなごむよね。

俺はシロクマであるが、そのまんま獣って指先の構造をしていない。神に感謝だ。

じゃあ一発やってみっかな。

ドワーフ木工たちの作業場で手に入れたオノは相当なシロモノだが俺の体格からすればやや小さい。

ま、貰いものに好《す》き嫌《きら》いいっちゃいけないね。パワーだけならあり余っているので、怒《ど》涛《とう》の勢いで杉の木にオノを叩《たた》き込んでいく。

面白《おもしろ》いように刃《は》がめり込んでいくとあっという間に口ができて杉の木はめりめり音を立てて倒れていった。こういった作業を見たことがないのだろうか。娘《むすめ》たちはしっぽをふりながらきゃっきゃっと歓声《かんせい》を上げている。

さあ、乱獲《らんかく》の限りを尽《つ》くすぞうっ。

無《む》尽蔵《じんぞう》に近い体力のある俺は瞬《また》く間《ま》に三〇本近い木を伐《き》った。それを見ていたルルティナはもじもじしながら、ひと息つく俺に歩み寄って来た。

「あ、あの。クマキチさま」

ん? なんだいね、ルルティナさん。受け取った手《て》拭《ぬぐ》いは冷たい小川の水で濡《ぬ》らしてあったので冷え冷えで気持ちよい。しばし忘我《ぼうが》の状態で息を長く吐き出した。

「私も、その、やってみたいですっ」

お! さすが行動派な娘さんだねぇ。

それを見たちっちゃな子たちが「やりたいやりたいっ」と飛び跳ねている、
しかしさすがに君たちは無理だよ……もうちょっと大きくなってからだねっ。

ルルティナは両拳《りょうこぶし》をぐっぐっと握《にぎ》りしめながら興奮のあまり頬《ほお》を朱《しゅ》に染めていた。

「私こう見えても力持ちさんなのですよっ。お任せくださいっ」

あ、そうなの？　じゃ、じゃあちょっとやってみるか……。

俺はオノを地面に置いてルルティナに受《う》け渡《わた》した。小柄《こがら》な彼女には荷が重いかな、と思ったのだがルルティナは小枝を拾うように片手でこともなげに持ち上げた。

おいおい……これってばどう見ても二〇キロは超《こ》えているのだが。

関羽《かんう》かな。この子？

「え、えへへ。クマキチさま、上手くいかなくても大目に見てくださいね。えいやっ」

意外や意外。ルルティナは腰の入ったスイングで木にオノを入れてゆく。非常にリズミカルかつ筋もいい。いざとなればサポートに入ろうと思っていたのだが、彼女は俺の倍くらいの時間をかけて、相当に手早く伐ってみせたのだ。驚《おどろ》き。

くいくいとしっぽを引っ張られ振り返るとアルティナが唇に人差し指を当てて、物欲《ものほ》しげな顔をしていた。

「クマキチさま……私もやってみたい」

えええっ。ホントに？
「おねえちゃんたちばっかずるいー」
あらあら。三つ子たちがとうとうむずかり出したよ。
ララ、ラナ、ラロは地べたにひっくり返って腕《うで》やら脚《あし》やらをぶんがぶんがと振り回して
こっちの気を引こうとしていた。リリティナがなんとか立ち上がらせようと手を引っ張る
がほとんど騒音《そうおん》といった喚《わめ》き声《ごえ》でビービー鳴いている。困ったな。
「あなたたちっ。クマキチさまを困らせるんじゃありませんっ」
うちに烈火《れっか》のごとくルルティナがおうっと吠《ほ》えた。三つ子たちは自分たちの我《が》が通ら
ないとわかったのか、わんわん泣きながらリリティナの膝《ひざ》に飛び込んでゆく。
そんな騒ぎはどうだっていいというふうに、アルティナは目をキラキラさせながら俺の
前に立つと胸元《むなもと》の毛を強く引っ張り出した。
「クマキチさま……やろ？」
ホントにマイペースだな、おまえは。

第六話 帰るべき我が家

俺のように力のあるシロクマが伐倒する場合（元来そんなクマはいない）を除けば、平均的な膂力体力の人間は自《おの》ずと技術を用いる必要があるだろう。

「これ……使うんじゃないの？」

アルティナがオノを構えながらきょとんとした表情で聞いてきた。

うん、君も八つなのに普《ふ》通《つう》にそのオノ片手で持てるんだね。恐《おそ》るべしウェアウルフ族よ。

ここで役立ってくるのが、工人の物置から奪《だっ》取《しゅ》した（認めちゃったよ俺）数々の大工道具である。

俺はアルティナにオノを下ろさせると、まずノコギリを手《て》渡《わた》した。

「アルティナ。まずはノコを使って木を倒したい方向に水平の切れ目を入れるんだ。そうだな。そんなに深くなくていい。木の太さの四分の一くらいでいいぞ」

「うん。わかった」

アルティナははじめて手にしたノコギリを使っておっかなびっくり切れ目を入れてゆく。

まあ、なんというかこの子もかなり呑《の》み込みがよい。少し助言をしただけですぐに使い方を会得《えとく》したのか危なげなく腰を使って引くことを覚えてくれた。

「じゃ、次はコレ。ナタを使ってノコで作った切れ目を利用して三角形の口を作ってね」

「ん……がんばる」

彼女はこくんとうなずくとナタを使ってざくざくと三角に切れ目を大きくした。これを「受け口」というのだ。

なんだか静かだなと思うと、今まで泣き喚いていた三つ子たちが姉のやることを興味深げに見守っていた。しっぽは左右に大きく揺れている。やりたいだろうなぁ、と気持ちは充分にわかるが、まだこの大きさの刃物《はもの》を使わせるのはねぇ。手ェ切りそうだなぁ。

「クマキチさま、できた。次はなにやればいい？」

「ん。じゃあ、今度は三角の切れ目の反対側にまたまたノコを水平に入れるんだ。コツは三角の口より気持ち高めにね」

アルティナは俺の指示を守って、反対側の方向にノコを入れはじめた。少し経《た》って、彼女は俺と指を咥えて見ている三つ子を代わる代わる見て懇願《こんがん》するような目つきになった。

しょうがないにゃあ……ま、最後に少しくらい引くならいいか。

俺はちびっ子たちがノコを引くのを許可してやった。

うん。思ったより上手だな。てか、スピードはやっ。ガキなのにパワーあるな、おい。

つまるところ、三角に入れた「受け口」と反対側に入れた水平の切り目である「追い口」がそろったことで、蝶番《ちょうつがい》の役目を果たすことになる。あとは追い口のほうから手で押《お》してやれば木は物理法則に則《のっと》って倒れざるを得ない。これが伐倒の基本である。

「わ、すごいっ。アルティナ、ちゃんと倒れたわよっ」

「あら、すごいじゃないの」

「……えっへん」

姉であるルルティナとリリティナの称賛《しょうさん》を受け、アルティナは胸を張って目を輝《かがや》かせていた。

おじさん素直な子は大好きです。

ちなみに枯《か》れた木や折れた木、風雪の重みで曲がった木は危険なので、なるべく健康な倒すべき木を選ぶ作業も結構骨が折れるのだ。

俺《おれ》たちはとりあえず、ある程度木を倒しきると、本日の作業を中断して洞窟に戻った。

早く建築作業に入りたいなぁ。


翌日。

木のみと山キノコのスープを飲み干すと作業場に向かった。俺は身体が身体なので朝からモリモリ肉を食いまくった。栄養が偏《かたよ》るなぁ、と思ったのでそのへんの草ももしゃもしゃする。うむ。青汁《あおじるい》要らずなり。

さて、ぶっ倒した木はこのまま運ぶってことはできないので枝払《えだはら》いの儀《ぎ》を執《と》り行《おこな》う。

ログキャビンを建てる丸太に変化させる第一歩というところか。

基本的に枝打ちは、ルルティナ、リリティナ、アルティナの三人に任せた。おしゃまな三つ子たちは払《はら》った枝を洞窟近くまで搬送《はんそう》してもうらことにした。これらの枝葉はあとで充分に使える資材になるからだ。

枝払いは基本的に根元から先端《せんたん》部分に向かってナタやヨキで切り払っていく作業だ。あ、ヨキってのはオノよりも刃が鋭《するど》く柄尻《つかじり》でクサビも打てる古来杣人《そまびと》が愛用した万能《ばんのう》お役立ちアイテムだ。もらってきたオノは重すぎるからね。

さて、俺は裸《はだか》んぼうにした木を担《かつ》ぐと猛然《もうぜん》と洞窟近くまで運ぶ作業に追われることとなった。

さらに合間を見て川で魚を取ったり、括り罠をしかけて鹿や猪《いのしし》を取ってさばいて、肉を蓄《たくわ》えたりと大忙《おおいそが》しである。

うーん。どうも最近ビタミンが足りないと思ったので、鹿や猪を開いた際に、心臓を丸ごと食ったら元気が出てきたような気がする。みんなのためにも頑張《がんば》らないとね。

「あれ……みんなはどこに行ったんだ？」

夕刻。倒した木を残らず運び終えた俺たちは、しばし洞窟の中でくつろいでいた。

「姉さんはララたちを連れて湯浴《ゆあ》みにゆきましたよ」

そういえばルルティィナは以前近くに天然の温泉があるとかいっていたな。

常時かけ流しの湯が楽しめるなんて最高じゃないか！　とか思っていたんだが、いろいろ忙しくて延び延びになってしまっていた。今日あたり俺も入りに行こうかな。

「うふふ。クマキチさまもたまにはお入りになればよろしいのに」

「んー。そうだなぁ。どうしよっかなぁ」

「もしよろしければ、私がお背中を流しましょうか」

「んじゃたのもっかなぁ」

この身体じゃ背中まで手が届きそうにないしなぁ……。

ふと気づくと、あれほど饒舌《じょうぜつ》に喋っていたリリティナが顔を赤らめ下を向いていた。

なんやろなぁ。どっか急に具合でも悪くなったんだろうか。

「お、お戯《たわむ》れをっ。で、でも……クマキチさまが……どうしてもお望みというのであれば
……私は、その……いつでもこの身体を……まだ子が生《な》せない身ですが……」

やたらに小さな声でぶつぶついっているが、まさか今のってセクハラ発言だったのか？　だって、俺クマだし、正直種族違《ちが》い過ぎるから問題ないかなと思ったんだけど、悪かったかな。もうちょっと思春期の娘さんに配慮《はいりょ》して行動したほうがいいのかな？

「いいお湯でしたよ、クマキチさま。お入りになったらいかがですか？」

ルルティナがほこほこと湯気を髪《かみ》から立ち昇《のぼ》らせ戻って来た。あとには三つ子がぺちゃくちゃお喋りしつつ続いている。

じゃあ、リリティナ。背中でも流してくれよう。なんちってな！　あはは。

気まずさを払拭《ふっしょく》しようと思いきって話しかけるとルルティナがギョッとした顔で妹を睨みつける。

「クマキチさまっ？」

え、なにこの空気は――。

俺が茫然《ぼうぜん》としていると、ルルティナはリリティナを引きずって洞窟の奥《おく》へと消えていった。

なにやら小声でいい争いになっているらしい。

俺がまたなにか空気を読まない発言をしてしまったのだろうか？

だって、父と娘のような関係だと思っていたのだが。違うんか。

くいくいと右腕《みぎうで》を引かれ顔を向けるとアルティナが立っていた。

「クマキチさま、クマキチさまは、アルティナの赤ちゃんが欲しいの？」

は？　なにがいいたいんだこの子は。

ひたすら謎《なぞ》が残ったが、当分答えは得られそうになかった。

三日ほど杉の伐採を地道に続けてみた。

「うわ。なんというか……壮観《そうかん》ですね」

ルルティナが茫然としたまま積み上げられた丸太を見ながらつぶやく。

「ま、まあいいじゃん。誰《だれ》も文句いって来なそうだし」

リリティナがなにかいいたそうに自分の三つ編みをいじってチラチラ視線を投げかけているが無視だ……！

うん。自分でも少々頑張り過ぎたと思うができれば頑張りを評価して欲しいと思う。

ログキャビンを建てる予定地のすぐそばはただの材木置き場と化していた。

これ、使い切れるんだろうかと思うが余ったら薪《まき》にすればいいやと開き直る。

「で、これでなにをなさるおつもりなのでしょうか。クマキチさま」

あ。そういえば目的をまだ話していなかったな。

「ぼくはこの丸太を使ってみなさんに新しいおうちをプレゼントしちゃおうと思います」

「……は？」

呆気《あつけ》にとられたルルティナたちがポカンとした表情で口を開けていた。

三つ子たちはきゃいきゃい騒ぎながら木材の山に乗って遊んでいる。

「え、ええと、それってここに新しい家を作る、ということでしょうか……？」

リリティナはどうも現実感がないのか、視線をあたりにさまよわせながら俺に訊《たず》ねる。

こちらがそうだと重々しくうなずくと、みるみるうちにパッと笑顔《えがお》になった。

「い、家……私たち、野人みたく窖《あなぐら》じゃなくてちゃんとした家に住めるんですか」

「ザッツライト」

おやおやアルティナは無言でふんふんと鼻息を荒《あら》くしてしっぽを左右にぶんぶんと振っている。

「――が、そのためには君たちにも協力してもらう必要がある。みんなで頑張れば早くあったかな家ができるぞー。力を合わせてがんばろー」

三者が三者とも瞳をきらきらさせて「はい」といい返事で応じてくれた。

微力《びりよく》ながらおじさんリキ尽くしちゃうもんね。

さて、建てるのは原始的な丸太小屋である。将来的には辰野金吾《たつのきんご》ばりな百年あとに意義を問う芸術的作品を据《す》えてこの森の代名詞としたいところだが、その野望は一時置いておく。

最初にはじめるのは取って来た丸太の加工からだ。

丸太は皮を剥《む》かないまま使用すると虫食いが入るので絶対にやらなきゃなんないんだよね。

これはできれば量が多いので、ルルティナとリリティナ、それにアルティナの上位打線三人に是非《ぜひ》とも活躍《かつやく》していただきたい。

杉は鉄よりも軽く四倍近い強度があるので材木としては優良である。

まず丸太の皮剥《かわむ》きとしての方法としては、軽く縦にナタで切れ目を入れぐいぐいと起こしていくのである。この際、バンバン出る皮はあとで使うので取っておいて、ちびっ子たちに命じて邪魔にならない場所へと移動させた。

この作業、地味であるが結構難儀《なんぎ》なのだ。だがやらないと先に進めないしね。

合間に隙《すき》を縫《ぬ》って食料探しも並行して行うのだ。

実は近頃《ちかごろ》、ちょっと離《はな》れた地点に栗林《くりばやし》があるのを発見した。

落ちたての栗が多量に落ちていたのでちびっ子たちと拾いに行ったのだ。

栗は大鍋《おおなべ》でぐらぐらゆでてはふはふ頬張《ほおば》るのが楽しいのだ。

俺も嫌《いや》ってほど食ったので、大満足です。

そんなふうにして丸太の皮を黙々《もくもく》と剥《は》ぐとある日に事件は起こった。

さて、猟《りょう》で肉ばかりとっている俺らだが、野菜というか野山の草花もちゃんとバランスをとっている。

ルルティナが栄養の偏りを配慮して近場の草むらで食べられるものを摘《つ》んできてくれるのだ。

もっとも、俺と出会うまで彼女《かのじょ》たちはもっぱらこのクレソンに似た葉やキノコばかり食べていたようだ。たんぱく質は偉大《いだい》である。

丸太の皮剥がしに目途《めど》がついたところで久々に散歩がてら草摘みについていったところ、ほとんど俺たちが独占《どくせん》状態だった沢《さわ》の近くがこれでもかというほど荒《あ》らされていたのだ。

「これはきっとジャッカロープの仕業《しわざ》ですっ」

きいっとルルティナが両腕を車輪のように振り回して怒気《どき》を露《あら》わにしている。

ジャッカロープとはなんぞや……？

「クマキチさま。ジャッカロープとは森のどこにでもいる角ウサギのことです」

平常心を失ったルルティナの代わりにリリティナが教えてくれた。

「肉は大変美味で私たちは主に羹《あつもの》にして食べます」

「やいてたべてもおいしいよっ」

リリティナの言葉を補完してララがふんすと力強く叫《さけ》んだ。そうだね。君は焼いた肉が大好物だもんね。

これで決まったな。次の獲物《えもの》はジャッカロープ……！

さあ、狩《か》りの時間だ。

今回に限っては罠を用意しなかった。

ジャッカロープなる悪いウサギさんが草をはみに来るのをジッと辛抱強《しんぼうづよ》く待つだけだ。

現代日本と違って時間は山とあるからな。

何日だってここで粘《ねば》ってやるという強い気持ち。

俺はルルティナたちを洞窟に戻《もど》して引き続き作業に当たらせると、ララ、ラナ、ラロの三人娘を左右に配して辛抱強く待った。子守《こもり》を押しつけられたともいえる。

彼女たちはあまりに暇《ひま》だと騒《さわ》ぎはじめやしないかと思ったが、祖先に狼《おおかみ》の血を引く由緒《ゆいしょ》正しい獣人の彼女たちは腹這《はらば》いになってジッと待つということが苦にならないようだった。

力を入れたのは日が落ちてからだ。だいたいがウサギというものは夜行性なのだ。

夜、車を田舎で走らせるとヘッドライトの光で草むらがぴかりと赤く反射する経験は誰でもあるだろう。

これらの運の悪いやつらはノコノコ車道に出てきてロードキルの対象になる。朝方、カラスがいっぱい集《たか》っているのはミンチにされた野生動物の死肉を喰《く》らっているからだね。

息をひそめて待っていると、沢の対岸でガサゴソ動く音がした。

すわ！　獲物かと思い、いざ出番と奮い立って立ち上がると……いや、まあ。

まいったな、こりゃ。

「お、俺の想像とぜんっぜん違うんですケド」

「うふーっ。がるるっ」

いきり立った三人娘は幼いながらも一丁前に野生へと回帰したかのように唸《うな》っているが、対岸でひくひく鼻を蠢《うごめ》かせて立ち上がったそれは――普通にバケモノだった。

なにせ体長は大型犬くらいはある。

なんとも丈夫そうな枝分かれした角を持ったジャッカロープたちは、ひしひしと群れを成して対岸を制圧しはじめていた。

数十ではきかない。一〇〇羽は超えているだろう。

ちょっと無策では飛び込む勇気が出んぞ。

「がうううっ」

「がるーっ」

「がふうぅっ」

「あ、こらっ。待ておまえたちっ！」

俺が制止するのもまるで聞かず、三つ子たちが目を真っ赤に光らせ突撃《とつげき》を開始した。

ああ、もおっ。こうなったら突貫《とっかん》あるのみだっ。

引きずられるような形で俺がざあっと姿を現わすと、ジャッカロープたちはビクッと身体を鋭く震《ふる》わせて遁走《とんそう》を開始した。

これがまた速いんだ。

暗夜でもよく利《き》く俺の目の死角を衝《つ》いて、四方へと群れは散ってゆく。

いつものように立ったままじゃ追いつくことなんてできない。

俺は本領を発揮するため四足の姿勢を取って、斜面《しゃめん》を駆《か》けあがるジャッカロープたちをしゃにむに追った。

普通のヒグマですら開けた平坦《へいたん》な砂利道《じゃりみち》では時速六〇キロで走るケットラと並走するスピードを持っている。

今のチート染《じ》みた筋力を持つ俺ならば優に一五〇キロは軽く出せるのだ。

この巨体《きょたい》でチーターを超えるスピードと持久力を持つシロクマに駆け負けるなどはありえない。

飛び上がって白いウサギのうしろ足に噛《か》みついた。

わずかに素早《すばや》さの鈍《にぶ》ったところへ「そおい！」とのしかかり、一瞬《いっしゅん》で首を噛み千切った。

チラチラと赤い血が体毛に降りかかるのを構わず、野山をジグザグに走って、二羽、三羽、四羽とこのバケモノウサギを一方的に狩ってゆく。

俺、絶好調。

唯一《ゆいいつ》反転して戦いを挑《いど》んできた特大の角を持つ個体がいたが、俺は軽く腕の一撃《いちげき》で頑丈《がんじょう》そうな枝角をポッキーみたくへし折るとさらに追撃《ついげき》を続けた。

相手はなりふり構わぬ総退却を決め込んでいるが、撤退《てったい》戦ほど無防備になる状態は古今東西のいくさが教えてくれていた。

なんと俺は、この日だけで二十七羽という転生はじまって以来の大殊勲を挙げることとなった。こりゃ運ぶだけでも大変だぜ。

ちなみに三つ子たちも協力してなんと自分たちだけで三羽ものジャッカロープを仕留めていた。美しき姉妹愛《きょうだいあい》の発露《はつろ》というものだな。

合計三〇羽である。さすがにこの数をひとりでさばくのは無茶《むちゃ》に等しい。

あまり時間が経つと血が回って肉の味が落ちてしまう。

「ララ、お姉ちゃんたちを呼んでくるんだ。急いで」

「うんっ」

全員がそろったところでウサギの解体がはじまった。すでにあたりは真っ暗なのでたき火を幾《いく》つも作って明度を保持する。

このジャッカロープたちは大きめの犬とそう変わらない大きさだ。おそらく一羽三〇キロはありそうだった。深夜の大収穫《だいしゅうかく》に驚いていたルルティナたちもナタや包丁を手にすると、慣れた手つきで解体を進めはじめた。

ウサギの骨ってのは脆《もろ》そうに見えて案外固いのだ。俺は素早くジャッカロープの赤茶色い毛皮を剥ぎ取ると、オノを使って四肢《しし》を切り落としてゆく。

木製のボウルに切り落とした肉や内臓をバンバン入れてゆく。すぐそばに小川があったので余計な血を洗うことがすぐできてラッキーだった。

頭を断《た》ち割《わ》って脳みそも取っておく。実は脳の部分が独特のコクがあって美味《うま》いのだ。各部位の肉も実に筋肉が詰《つ》まっていて密度がある。噛めば噛むほど牙《きば》を弾《はじ》き返《かえ》すほどである。あまりに量が多いので、三分の二は燻製《くんせい》にして冬に備える。

んで残った分を半分は煮《に》込んで鍋《なべ》にして、もう半分を焼いて喰らうのだ。

といっても十羽ほどは結構量があるので食いでがあるぜ。

ちびっ子たちの瞳《ひとみ》が深夜だというのに期待で爛々《らんらん》と輝いている。

昼夜を問わず食えるときに食うってのが野生の法則だ。

「あの、クマキチさま。この緑のものはなんでしょうか」

胃の内容物を掃除《そうじ》していたリリティナがジャッカロープの腸に繋がって出てくるモスグリーンの緑の塊《かたまり》を不思議そうに眺《なが》めていた。

「ああ。それは糞《ふん》だよ。ウサギ糞だ。草とか未消化だから鮮《あざ》やかな緑なんだ」

「ふ、糞っ？」

リリティナはびっくりして腸ご糞をぺいっと投げ捨てた。ああ、もったいないなぁ。マタギはこの未消化で栄養価もまだある糞を必ず鍋に混ぜるっていうのに……。

人によってはウサギさんの緑のコロコロを入れないとウサギ鍋の味がしないと文句をいう人もいるそうだ。

ちっちゃな頃《ころ》からオジィといっしょに猟師鍋《りょうしなべ》を幾度《いくど》も食ったが、糞を入れるのと入れないのでは確実に風味が違う。

ま、今回はお嬢さまが嫌悪《けんお》感を抱《いだ》いているので入れなくてもいいだろう。俺も別に食糞マニアではないからな。糞にこだわりもクソもないわ。糞だけにな。

にわかな宴《うたげ》に三つ子たちも興奮を抑《おさ》えきれないのかあたりを意味もなく駆けまわっている。ときどき躓《つまず》いてこてんと倒《たお》れるのがなんともいえずかわいい。

「おねーちゃんっ。あたしたちウサギさんとったんだよっ」

「とったんだよ」

「とりまくりだよっ」

「……そう」

三つ子たちは両手をぐるぐる回しながらアルティナに元気よく報告している。そういや軽く流していたんだが、こいつら噛みつきだけで三羽も仕留めたんだよなぁ。よく見ると鋭い犬歯に血がこびりついていた。アルティナは鍋に浮《う》いたウサギ肉のあくをすくうことに余念がないらしい。揺《ゆ》るぎねぇなぁ、この子は。

そして深夜の爆食大会がにわかにはじまった。明け方までに俺たちは鍋のほとんどを食いつくし、焼いた肉も残らず胃の腑《ふ》に収めた。ごっそさん。ちっちゃな子たちは食事の途《と》中《ちゅう》で疲労《ひろう》の極《きわ》みに達したのか寝《ね》てしまったけどね。


とりあえずログキャビン建材である丸太の皮剥《かわは》ぎはほぼ終わった。なのでいよいよ組み立てに入る——前に、やっておかなければならないことが幾つかある。

寸法合わせと刻み目だ。

丸太をそのまま並べても当然のことながら積み上げることはできないので刻み目を入れ

なくてはならない。

ログキャビンを建てるためには丸太の両端《りょうたん》に馬の鞍型《サドルノッチ》の刻み目を入れる必要性がある。固い丸太に刻み目を入れるのはまず軽くあたりを取って、鑿《のみ》でだいたいの刻みを丸く取り、オノやナタで削《けず》ってゆく地道な作業だ。チェーンソーがあればずっと素早く楽に終えることができるが、ないものねだりをしてもしょうがない。

「そんじゃ玉切りからはじめよっかな」

玉切りとは打ち倒した木を寸法ごとに切り分ける極めて初期段階の作業である。木挽《こび》き職人がはじめに覚えるのがこれである。俺は別段職人でもなんでもない。祖父のやっていた真似事ができるというわけで、本職からみれば素人《しろうと》仕事丸出しだろう。

が、別に売り物を作りたいってわけじゃない。寒さをとりあえず凌《しの》げればいいって程度のレベルなのででき具合はご容赦《ようしゃ》いただきたい。

そもそも玉切りは技術もなにもいらない。力さえあればオッケーなので、昔は両国の相撲《すもう》上がり、すなわち廃業《はいぎょう》力士がよくやっていたものなのだ。

俺はシロクマに生まれ変わった男だし、膂力に関しては万人《ばんにん》力である。その点玉切りには向いているといえた。

ここで登場するのが、ようやく出番を待っていた大鋸《おが》だ。

わかりやすくいえばノコギリの親分みたいなやつなのだが、これを使うのは専門の木挽き職人くらいだろう。

普通のノコギリは水平な柄《がら》に歯がついているのだが、大鋸はちょっと……というか全然違う。

歯に対して柄が「へ」の字に曲がっている。峰《みね》の部分がボコッとカマボコのように膨《ふく》らんでいると思ってもらえればわかりやすいだろう。

とにかくこの異形な道具は太い材木を挽《ひ》くのに適している。大工の使うような柄が平行なものであるならば、丸太を一本挽くのに時間と労力がかかりすぎるのだ。その点大鋸は歯が曲がっているので木材を上から押さえつける力が働き非常に効率がよいのだ。

そして巨大《きょだい》な図体《ずうたい》から大鋸は勘違《かんちが》いされやすいのだが、こいつが威力《いりょく》を発揮しているのは先端の刃先《はさき》数ミリ部分でありギザギザ全体ではない。

よく見ると刃先の先端一ミリ部分がちょんがけといってへこんでおり、そこで木材を削っているのである。また、普通のノコと違うのは、刃先は先端のほうが太く峰についている根元のほうが微妙《びみょう》に細くなっている。

これは歯が木材に食い込んでいくと摩擦《まさつ》でキュッと締《し》めつけられるのを防いでいるからだ。

さて講釈《こうしゃく》はこれくらいでいいにして、と。

俺は丸太を抱《かか》え上《あ》げると、運んできた死角の石で固定し、寸法合わせの玉切りを開始した。

えっさほいさと大鋸を挽く。この作業はルルティナたちにも手伝ってもらった。

実はうすうす気づいていたのであるが、ルルティナ、リリティナ、アルティナの三人は並みの成人男子程度の膂力は持ち合わせているのだ。

「さすがに俺ひとりでこんだけ挽くのは大変だからさ。手伝ってくれよ」

「えぇー。クマキチさま、私にこんな力仕事できますでしょうか」

ルルティナが渡された大鋸を持ったまま不安そうに上目遣《うわめづか》いで視線を合わせてきた。

ううっ。そういわれると、そうかなぁと思ってしまう意志薄弱《いしはくじゃく》な俺。

「姉さん。いまさらかわい子ぶらないでくださいよ」

「なっ。リリティナ、あなたねぇ――――！」

白けた口調で諭《さと》される妹にルルティナが食ってかかる。

え、えーと。オッケーってことでいいんだよねぇ……？

ちょんちょんと背中をつつかれ振《ふ》り向《む》くと、ねじり鉢巻《はちま》きをしたアルティナが三つ子を従えて、ふんすと気合をみなぎらせ「どんとこい！」と胸を張っていた。

おお。なんかこいつは頼《たよ》りになりそうだな。

「じゃ、じゃあアルティナはララたちと協力して上《う》手《ま》く作業してくれ。わからないことがあったらドンドン聞いてくれよな」

「ん。任せて」

そこでぎゃあぎゃあいい合っている姉たちとは違ってアルティナはなんともいえない鷹《おう》揚《よう》さが漂《ただよ》っている。こいつは信頼《しんらい》できそうだな。

とりあえず建材の丸太は余裕を持って五十本ほどあれば足りるだろう。

アホみたいに太い大樹を割るわけではないので、それほど日数も必要ないと思う。

黙々と作業をしているうちに、時間はどんどんと経過してゆく。

季節は晩秋であり冬が近づいているので日が落ちるのも早い。

スピーディーに丸切りを終えて、とっとと刻みに入りたいところだ。

夕飯を終えたのち、俺は件《くだん》の天然温泉に浸《つ》かって疲《つか》れを癒《いや》した。

シロクマなので不用意に熱を上げるのはどうかと思ったが、そもそも今の身体が純粋《じゅんすい》にクマと同様なのかはよくわからない。

山に生きる生物はたいがい寄生生物に犯《おか》されているが、元来クマ自体はダニなどは少ない。

「ま、エチケットだよな……」

間借りさせてもらっている家（洞窟《どうくつ》）の住人は全員女の子なのだ。彼女たちの身に着けているものは質素であるが、数少ない数着をこまめに洗濯《せんたく》して着まわしている。

ルルティナがいうには彼女たちが温泉に浸かっていると山猿《やまざる》などが興味深そうに見に来るらしいがさすがにクマである俺のときは臭《にお》いで恐れて誰もやってこない。ちょっと寂《さび》しいかな。

「そういや昔の信州の猟師《りょうし》は猿《さる》も捕《つか》まえて食ったたって聞いたな」

食べるのは無論ニホンザルだ。特に脳みそを啜《すす》るのが美味かったらしいが、人間にあまりに似ているので戦後くらいを境に食わなくなったらしい。まったく人間てのは口に入るものはなんでも食うね。

湯から上がってぶるぶるっと水切りするとなんとも気持ちいい。

そういやこの身体、確実に二二〇センチはありそうなんだけど、モノが……なんというかかわいらしいのだ。結構ショックである。

いやかわいらしといえども人間に比べてはマシなのだが、身体の大きさに対してアレじゃね？　と、思った次第《しだい》である。

シロクマになんか転生したおかげで性的嗜好がまったく変わったのかな、と思いきや実はそうでもない。

ルルティナなんか出るとこは出てるし、お尻《しり》もぷりぷりしているので、やばいかな？と思ったのだが……。

繁殖《はんしょく》時期ではないのかピクリともしないのだ。これはこれで精神的に愛《め》でられるのでよしとしておこうか。シロクマであっても小さな悩《なや》みくらいはあるのだよ。

「クマキチしゃまー」

「クマしゃまさわるー」

「いっしょにねゆのー」

湯上りで毛を乾《かわ》かした俺に三つ子たちがダイブしてくる。もう気分は父親みたいなもんだね。こいつらが実のところかわいくて仕方ないのだ。ロリじゃないよ！

仰向《あおむ》けになって腹に乗って来る子供たちをぽんぽんと放《ほう》り投《な》げてキャッチする。

ルルティナたちは差し込む月の光で繕《つくろ》い物《もの》をしながらくすくす笑っている。

ああ、なんと平和な毎日だろう。

「がうー」

甘噛《あまが》みしてくる三つ子たちをじゃらしながら俺はぐふっと鼻を鳴らし目を細めた。

第七話 賞金稼ぎ

肉ばかりではさすがに飽《あ》きる。

ということで、その日俺はキノコ類を集中して採取するため森の中を彷徨《ほうこう》していた。

シロクマが大きなザルを抱えて山野を彷徨するという姿はちょっと異様であるが、しんと静まり返った木々の中では咎《とが》めだてる人もいない。

さらさらと水流清らかな沢筋を歩いているとブナの倒木《とうぼく》を発見した。

俺は倒木にみっしりと群生する真っ白な傘《かさ》のキノコを見つけて心中小躍《こおど》りした。

やった。ブナカノカだ。

湿気《しつけ》を好むこのキノコは沢筋の近くでよく見つかる。

両手で握《にぎ》ってギュギュっと絞《しぼ》るとぽたぽた水分が落ちて来た。歯ごたえのあるこのキノコを肉といっしょに鍋で煮込むと、旨《うま》みを吸い取って美味《おい》しさが倍増するはず。

思わず鼻歌のひとつも出るというものだ。

ふんふんふんと音符《おんぷ》を頭上から発しながら懸命《けんめい》に採取していると、ひくと鼻孔《びこう》に嗅《か》ぎ慣

shirokuma-tensei

れたある種の臭いを感じ取った。

クマの嗅覚《きゅうかく》は犬と同等に鋭い。自然と毛が逆立ってしまうほど強烈《きょうれつ》な血臭《けっしゅう》に混じって金物のツンとする臭気《しゅうき》が風上から漂ってきた。

今回ばかりはルルティナたちを洞窟に置いてきてよかったと思った。彼女たちの人間アレルギーは相当なものだ。

ぴくぴくと耳を動かしながら近づく足音に耳を澄《す》ます。それほど距離《きょり》は離れていない。

乱れ切った足並みから、いつぞやの兵隊たちのような集団ではないと見当がついた。

転がるようにして足音が時折途切《とぎ》れるのは傾斜《けいしゃ》で転んだりしているのだろう。

未練げにザルにとったブナカノカをそっと倒木の陰《かげ》に隠《かく》すと、ため息を吐《は》きたい気分で謎の足音に近づいてゆく。

やれやれ。これ以上もめごとはたくさんだよう。

ここからルルティナたちの隠れ家は相当に離れている。ウェアウルフたちは用心深く、森の奥まった場所まで逃《のが》れていたのだが、ロムレスの兵が土地の案内人を雇《やと》えば彼女たちの足跡《あしあと》を追うことは決して不可能ではない。

ちょっと脅《おど》しつけて逃《に》げ帰《かえ》ってくれるのならこちらとしても無駄《むだ》な血を流すことはしたくないのだが、あからさまな敵意があれば戦わざるを得ない。

樹林を抜《ぬ》けて背の高いクマザサに身をひそめつつ移動する。やがて、前方の開けた草地の丘《おか》に、六人ほどの人間が傷だらけで固まってあたりを警戒《けいかい》しているのが見えた。

クマの目は一般的《いっぱんてき》に嗅覚ほどすぐれていないといわれているが、それはそれ。俺は常識の枠《わく》に囚《とら》われないスーパーシロクマさんなのだ。

「ロイ、しっかりしろっ。くそ。血が止まらない……！」

まだ二十代前半だろうか。褐色《かっしょく》の肌《はだ》を持つ、とびきりなイケメンさんが倒れ伏《ふ》している男に呼びかけながら、懸命に看護をしていた。

そうしている間にも、残った四人は弓や剣《けん》などを構えたまま四方をギラついた視線で警戒している。追い詰められた獣《けもの》のように切羽詰《せっぱつ》まっていた。

仰向けになっている男の脚《あし》の太腿《ふともも》からだくだくと真っ赤な血が染み出していたズボンが川に入ったようにぐっしょりと濡《ぬ》れていた。

パッと見であるがあれはもういけない可能性が高い。大動脈を傷つけているかもしれない。男は意識を喪失《そうしつ》しているのか、ぴくりともしない。死人と変わらない青い顔色だった。どういった集まりであるかは知らないが、ルルティナたちに対する追っ手ではなさそうだ。

だったらこちらとしても特に干渉《かんしょう》する必要はないだろう――。

そう思って再び今来た道を戻ろうとクマザサを鳴らさぬよう慎重《しんちょう》に身体の向きを変えようとしたとき、男たちの悲鳴とも似つかぬ絶叫《ぜっきょう》が鋭くほとばしった。

ぬっと黒壁《くろかべ》が唐突《とうとつ》に出現したかに思えた。

四メートルを遥《はる》かに超《こ》える巨大なクロクマは、転生してすぐに戦った忘れもしない強敵だった。

その証拠《しょうこ》に俺が傷つけた顔の右半分が崩壊《ほうかい》したままだった。

胸には左肩《ひだりかた》まで湾曲《わんきょく》して走る真っ白なまだら毛がよく目立つ。

「この野郎《やろう》っ」

男たちはすぐさま散開してクロクマを半包囲した。

が、突っかける勇気を喪失しているのだろうか、互《たが》いに視線を巡《めぐ》らせて誰かが戦闘《せんとう》の口火を切ってくれないかと期待している様子だった。

果敢《かかん》にも単騎《たんき》で打ちかかったのは倒れた仲間を懸命に看病していた褐色肌の男だった。

彼《かれ》は幅広《はばひろ》のナタのような山刀を大上段に構えたまま地を蹴《け》って飛翔《ひしょう》した。

自由落下しながらクロクマの肩《かた》を強烈に切り裂《さ》いた。

ドッと赤い血が噴出して霧《きり》のようにあたりへパッと舞《ま》った。

それを見て勢いづいたのか、仲間たちが四方からドッと攻《せ》め立《た》てた。

クロクマは突如《とつじょ》として後肢《こうし》で仁王《におう》立ちになると、四本の腕《うで》を無茶苦茶《むちゃくちゃ》に振り回して飛びかかって来る男たちをコバエを打ち落とすようにあっという間に薙《な》ぎ払った。

力量というか破壊力《はかいりょく》がケタはずれに違い過ぎるのだ。腕の攻撃《こうげき》を喰らった男たちは、胸だの頭だのを一撃で破壊されて真っ赤な断面を晒《さら》して草地にゴロゴロと転がった。

クロクマは頭部をカチ割られて悶《もだ》えている男の腸にむしゃぶりついた。

——喰っていやがる！

胸を打たれた男がクロクマの背に手斧《ておの》を叩《たた》きつけているが、そんなことは意にも介《かい》さずひたすら腸をむさぼっている。クロクマは、動かなくなった男をもはやただのエサとしてしか見ていないのは明白だった。

「ヨーゼフ！　このままじゃどっちみち全滅《ぜんめつ》だッ。逃げるっきゃねえや！」

奇跡的《きせきてき》に軽傷だった男が左腕《ひだりうで》を押《お》さえながら立ち上がった。

「ギルっ。けど、ロイを担いだままじゃ逃げらんねェ！」

「くっそ……！　おれが時間を稼ぐ。なんとかして、ロイを連れて藪《やぶ》に逃げ込めやっ」

その言葉で心が定まった。重傷《じゅうしょう》の仲間を見捨てて逃げるような野郎だったらとてもじゃないが助ける気にはならなかったんだけどな。

俺はクマザサを突っ切って草地に姿を現わすと、両手を天に突き上げて咆哮を高々と解き放った。

「ちっ！　新手かよっ。しかも、白いクマだって……？」

追いつめられたように褐色の男が手にした山刀を水平に構えた。

「こいつは俺《おれ》が引き受けたっ。おまえたちはとっとと逃げろッ」

「クマが、喋《しゃべ》った――？」

呆然《ぼうぜん》と立ち尽《つ》くす男たちを無視して俺はクロクマへと突っ込んでいった。

風下にいたせいでこっちの存在には気づいていなかったようだ。

不意を衝《つ》く格好で右脇腹《わきばら》にタックルを決めると巌《いわお》のような巨体はいとも容易《たやす》く仰向けにそっくり返った。

俺に手負わされたことは覚えていたのだろう。残った左目には憎悪《ぞうお》の炎《ほのお》が燃えていた。

さあ。ここで決着をつけようじゃないか。クロクマ野郎が。

俺は四つの腕を大車輪のごとく振り回すクロクマの攻撃をシャープにかわしながら、脚を使って円を描《えが》くように移動した。

こっちの倍近くの体格だ。

さすがにスピードは俺のほうがずっと上回っている。

ガラ空きになった右斜《なな》め後方。

俺が傷つけた前回の攻撃で完全に死角になったその位置に移動するとだんっと地を蹴って飛び上がった。

背後から覆《おお》いかぶさって無防備な後方の首筋へと牙を思いきり突き立てた。

咬筋力には自信があるのさ。

鉄板だって噛み切れそうな顎《あご》の力でクロクマの首肉をぞぶりと噛み千切る。

クロクマが絶叫しながらぽんぽんと跳《は》ねた。俺は素早く後方に跳《と》び退《すさ》ると、半身に身体を開いて右手を顎の下に置き、左手をゆるく握って下げた。

予想通りクロクマは前後の見境もつかなくなって、真っ向から飛び込んで来た。

重たく熱い肉の塊が大気を割って近づいて来る。

俺は自ら仰向けに転がると、敵の勢いを利用して投げを打った。

ふわり、と。

クロクマの巨体が宙を飛んで後方へとすっ飛んでゆく。巴投《ともえな》げが決まったのだ。

「どうだ！」

振り返ってみると、クロクマは樹木をバキバキと打ち倒しながら森中に響《ひび》きそうな雄叫《おたけ》びを上げていた。

「ああっ」

ギルと呼ばれた赤毛の男がクロクマが落下した繁《しげ》みへと矢を打ち込んでいる。だが、左腕をかなり傷つけられたらしく、二本目の矢を放った途端《とたん》弓を取り落とすのを見た。

完全に恐怖《きょうふ》が支配しているのだろう。瞳が血走って細かな汗《あせ》が顔中に浮いていた。対する褐色の男——ヨーゼフと呼ばれていた男は実に冷静だった。倒れているロイに気を配りながら引き抜いた山刀は構えを解いていない。

「なあ、アンタ。ただのクマ、じゃないようだ。エルム族なのか？　けど、白いエルムなんて聞いたことがない」

「俺はエルムとかじゃないと思う。そのへんはよくわからんが。このあたりに住んでるクマキチってもんだ」

「いや、疑ってすまなかった。まず助けてもらったことに礼をいわないとな。俺はダークエルフのヨーゼフだ。どうやらシロマダラのやつは逃げてったようだな」

ダークエルフ！

確かにそういわれてみれば、それっぽい顔かたちではある。褐色の肌と整った目鼻立ちは女と見紛《みまが》うほどである。

これで声が低くなかったらちょっと見分けはつかないほどの優男《やさおとこ》だ。

動きやすい軽装に革の胸当てを着けている。

平時ならばもっと見栄《みば》えがいいのだろうが、クロクマ戦でかなり消耗《しょうもう》しているのだろうか瞳には昏いものが宿っていた。

「シロマダラ？　まあ、いいや。それより早く仲間の手当てをしてやれよ」

「そうだな。悪いが、少し待っていてくれ。礼は必ずする」

「そんなことはどうでもいい。ここからすぐ近くに小川がある。先に傷を洗ったほうがいい。案内するから早く移動しよう」

小川の近くに運んで傷口を洗ってやった。頭をやられた男は助からなかったが、奇跡的にほかの男たちは全員命にかかわる怪我《けが》ではなかったのでホッとした。

チドメグサがあったので川の清流でよく洗って揉《も》み潰《つぶ》し、患部《かんぶ》に塗布《とふ》してやった。

ヨーゼフたちが器用に軟膏《なんこう》を塗《ぬ》って包帯を巻くと、怪我をした男たちは話せる程度には回復した。

「すまないな旦那《だんな》。運ばせてしまって」

「別に構わないよ。俺が運んだほうが早いし」

てか旦那ってなんぞ。

だがどちらにせよこんな山中では満足な治療《ちりょう》は行うことができない。

「森を出て医者にかかったほうがいいんじゃないか？」

「ありがたいけどよ。そうもいかない理由があるんだよ」

ヨーゼフは格闘《かくとう》で額を切ったのか、傷口部分にチドメグサを擂《す》り潰したものを塗布して白い包帯を巻きながら答える。

「理由？」

「俺たちは冒険者《ぼうけんしゃ》なんだ。アルムガルドのな。今は半分賞金稼ぎかな。それに依頼主《いらいぬし》から前渡《まえわた》しで半金は受け取っちまってる。依頼《いらい》を投げるのなら金は返さなくちゃならないが、そうもいかねぇんだ」

「……すまない。おれの妹のために」

ロイと呼ばれていた半死半生の男が寝そべったまま呻《うめ》いた。

「おまえが謝《あやま》る必要はねぇよ。これは俺たちみんなで決めたことなんだから」

弓使いのギルがぼそりとつぶやくと、ロイは堰《せき》を切ったように両目から涙《なみだ》をボロボロとこぼしはじめた。

「なにか、理由があるみたいだな」

「命を救ってもらった旦那にゃ話しておかないわけには義理が立たねぇ」

このダークエルフという色黒の男は随分《ずいぶん》に義理堅《ぎりがた》いらしく、特に問い詰めもしなかったのだがことの次第をゆっくりとした口調で語って聞かせてくれた。

「この森からずっと離れた場所にアルムガルドっていうそれなりに栄えた街がある。俺たちはそこの冒険者ギルドに所属してるクランでな。もう五年ほどになるか……それなりにつき合いの長い腐《くさ》れ縁《えん》さ。こいつらとは家族みたいなもので、何度も何度も修羅《しゅら》場《ば》をくぐり抜けて来た。困ったことがあったら助け合うってのが仲間ってやつだ。

ところがよ、このロイの野郎はよ。水臭ェことにテメーの妹が重い病にかかったことを黙《だま》っていやがった。さいわいにも、かかったばっかりで薬さえ手に入れば根治できるたぐいのもんでな。けど、そいつは王都の店でしか手に入らない貴重なもんなんだ。当然、金だってうんといる。どうにもなんねーことだってわかってたんだろうな。こいつは、俺たちにも妹の病気を隠してやがった。

そんなときだ。渡《わた》りに船っていえばここいら森の近くに住んでる村人にゃ悪いが、ちょうど狙《ねら》っていたかのようにシロマダラっていう魔獣《まじゅう》が現れてあちこちを襲《おそ》い出したんだ。砦《とりで》には辺境伯《はく》の兵が詰めてるが、砦の隊長はなんのかんのと理由をつけて村人たちのために魔獣を狩ろうとは絶対にしない。周辺の数十カ村は貧しいながらも、金を掻《か》き集《あつ》めてギルドにシロマダラ討伐《とうばつ》を依頼したんだ」

「シロマダラっていうのはさっきのクマか？」

「ああ。旦那も見ただろう。あれはジャイアントバグベアってモンスターだ。胸から肩にかけて真っ白な体毛と、背中に白点が散らばってただろ。棲《す》む場所によって、毛皮にある点々の色が白だったり灰色だったりするらしいが……それはともかく。つい最近、亜人討《あじんとう》伐《ばつ》に入った騎士《きし》たちを皆殺《みなごろ》しにしたってもっぱらの噂《うわさ》だ。そのこともあって懸賞金《けんしょうきん》は吊《つ》り上がったんだが。

前金だけでも一〇万ポンドル。大金さ。俺たちゃとうに、ロイの妹を助けるための薬に使っちまった。いまさらできませんでした。金も返せませんじゃ話にならねぇし、俺たちはこの稼業《かぎょう》以外食っていくことのできねぇ半端者《はんぱもの》だ。途中で仕事を投げれば、みんなは冒険者として二度と働くことはできない。それは俺たちにとって死ぬのも同然なんだよ」

うん。間違《まちが》いない。

その砦の騎士たちをぶっ殺したっていうのは全部俺の仕業《しわざ》に間違いないな。

けど、そのシロマダラとかのせいで、周辺住民たちが苦しめられてたのか……。

まったく。弱い者いじめはチクチクやるくせにちょっと手強《てごわ》いやつが現れると、コソコソしっぽを丸めて逃げ出すなんて、ここの辺境伯って殿《との》さまは男の風上にも置けんやつだ。

「マシュー、マシュー。ちっくしょぉ……ッ」

ギルが動かなくなった仲間のひとりを揺さぶっていた。腸を喰われていたやつだ。正視に堪《た》えない。

俺は彼らに背を向けると、その場にかがんで背負《せお》う体勢を作ってやった。死体は生きている人間よりはるかに重くなる。俺がしてやれるのはせいぜい死者を運ぶくらいだ。

「とにかく、おまえの仲間を弔《とむら》ってやらないと。そのままじゃマズい。森の獣たちに食い荒《あ》らされてしまう」

「旦那ァ……」

ヨーゼフの瞳に涙が盛り上がる。こんなことで感謝されても困る。俺はおまえたちが敵か味方か判断がつくまで、こっそり隠れて様子を見ていたケダモノなのだから。

頭部を強く打たれた腸を貪《むさぼ》られた男はすでに冷たくなっていた。シロマダラの爪《つめ》はナタよりも重く日本刀よりも鋭《するど》い。男の脳天に刻まれた爪痕《つめあと》は頭蓋《ずがい》にまで達しており、奇妙《きみょう》な色の脳髄《のうずい》がはみ出ていた。腹は血をバケツで撒いたように濡れそぼっていた。

動くことが難しいヨーゼフの仲間たちは看護人としてロイを残し、草地に移動した。墓穴《ぼけつ》を掘《ほ》って深く埋《う》める。男の名はマシュー。草地に立てた石の墓標だけが静かに眠《ねむ》るマシューを見下ろしている。

このような森の奥地《おくち》では花を手向《たむ》けに来るものもいないだろう。せめて、森の獣たちに死肉を貪られないよう深く埋めてやることくらいが唯一ヨーゼフたちにできるせめてもの鎮魂《ちんこん》だった。

「ずいぶんと世話になったぜ旦那。迷惑《めいわく》ついでに、あいつらが動けるようになったら森の入り口まで手を貸してくれるとうれしい。礼とはいえ、こんなものくらいしか渡せないが」

ヨーゼフはかけていたなにかの動物の骨で作った首飾《くびかざ》りを俺に手渡《てわた》して来た。

「これは……?」

「俺が成人した日にオフクロからもらった首飾りだよ。売っぱらってもたいして値がつかないのが、さびしいところだけどさ。俺の部族ではちょっとしたものなんだ。いつか、俺以外のダークエルフに会ったらこれを見せれば、きっと望むままのものを与《あた》えてくれると思う。ああ、そのときは俺の名を出してくれれば間違いないはずだ」


――こんなものもらえない。

そういおうと思ったが、あまりに悲壮《ひそう》な顔をする青年の真《ま》っ直《す》ぐな目を見ると突っ返すのもなにか違《ちが》うような気がした。そっと手のひらで受け取ってヨーゼフを見た。

状況《じょうきょう》は絶望的なはず。少なくとも彼はいかなる手をもってしても約定を履行《りこう》しなければならないのに、どこかスッキリした顔をしていた。

「ひとりでやるつもりなのか……?」

「ああ。やれるだけやってみるさ。そうじゃなきゃ、みんなに顔向けできねぇ。旦那。俺はさ、亜人なんだよ。群れからはぐれたみじめったらしいさ。こんな辺境じゃ、王都みたいな都会と違ってまだまだ亜人である俺たちにゃ偏見《へんけん》がある。そんな俺を仲間だっていってくれた……家族なんだよ。あいつらは。五年前の借りをどうしても返したいんだ。たとえ刺《さ》し違えても、シロマダラはやる。それだけが俺に残された責務なんだ」

こいつ、どうしようもないバカだ。

よく見ればヨーゼフ自身が滅法《めっぽう》な手負いだ。かばっているが、右足を負傷しているのだろう。かばいながら、ひょこひょこ引きずっている。あれではとっさのときには打ち合えもしないし、そもそも機敏《きびん》に動くことは不可能だろう。それでも引けないと、自分を鼓舞《こぶ》して立ち向かってゆく。

もっとも俺はこういうバカ野郎が嫌《きら》いじゃなかった。

「どこを探すつもりだ。闇雲《やみくも》に追ってもあのクロクマを探すのは不可能だ。おまけに、もう日が落ちる。深い森の中じゃ、クマ以外にも危険な生き物はゴロゴロいるぜ」

「じゃあ、どうしろってんだ――！」

「勝負を捨てるな。おまえが覚悟《かくご》を決めれば、やつを倒すことは不可能じゃない」

「旦那……？」

「俺が手伝ってやるよ。おまえの依頼ってやつをな」

ヨーゼフは長い耳をぴこぴこ動かしながら女のように美しい顔つきを一変させ、頬《ほお》を朱《しゅ》に染めた。ちなみにいっとくが俺はそっちの気はないからな。念のため。

そういい切った時点で作戦がないわけじゃない。

俺はまずヨーゼフを連れ回してあたりの森を徘徊《はいかい》した。

「クロクマ――シロマダラを見つけたのは偶然《ぐうぜん》だったのか？」

「ヴァリアントの森は広大なんだ。俺はダークエルフで街衆よりもずっと野山には詳《くわ》しいけど、このあたりすべてを見知ってるほどじゃない。村人や、土地の猟師に話を聞き回って、うろつきそうな動線を順番に潰していっただけだよ」

「ふむ……」

俺は周囲を観察しながら鋭敏《えいびん》な鼻を蠢《うごめ》かせた。――そして予想通り目当てのものを発見した。

「クマキチの旦那。そりゃあ、いったい……」

「糞だ。シロマダラの落とし物さ」

俺は堂々と落ちていたシロマダラの糞を落ちていた木枝で突《つ》き回しながら顔をしかめる。

糞の中には、黒々としたちっちゃな破片《はへん》が大量に交じっていた。

「なんか、黒いボツボツが入ってる」

「蟻《あり》だよ。クマは蟻が大好物なんだ」

「アリ、だって……?」

よくよくあたりに倒れ伏している朽木《きゅうぼく》を見れば、半壊《はんかい》しているものが多いのに気づけるはずだ。

蟻はクマがもっとも愛好し頻繁《ひんぱん》に食する昆虫《こんちゅう》のひとつである。特にヒグマなどはムネアカオオアリ、アカヤマアリ、クロヤマアリ、トビイロケアリ、キイロケアリ、アメイロケアリ、クロクサアリ、エゾアカヤマアリなどを好んで飽食《ほうしょく》する。

子供の頃、いたずらで蟻をぷちっと噛《か》んでみたことがあるだろうか。異様な苦さという か酸《す》っぱさがある。

クマ類は蟻の体内にある蟻酸《ぎさん》の酸っぱさを好む傾向《けいこう》がある。俺は食わんけどね。

蟻は森林地、草地、砂礫《されき》地などありとあらゆる環境《かんきょう》に住んでいるのでクマとしても捕食《ほしょく》しやすいのだ。

俺が見聞したところ、ここいらあたりは蟻たちのベストプレイスなのだろうか、朽木や土中に多数存在が確認《かくにん》できた。

ある研究家が北海道のヒグマを捕殺《ほさつ》し解体したところ、胃の中には一キロ近い蟻と木片《もくへん》がどっさり詰《つ》まっていたらしい。これはあきらかに倒木に住んでいた蟻を多量に喰《く》らっていたという証拠だ。

シロマダラの糞《ふん》の中に多量に蟻のカラが交じっていたのは、蟻の外骨格がカニやエビのカラと同じであるキチン質であったため消化できなかったのだろう。

俺はヨーゼフを説《と》き伏《ふ》せると、ある冒涜《ぼうとく》的な行為《こうい》を承認《しょうにん》させ、罠《わな》を張ってシロマダラの来襲《らいしゅう》を待ち受けることにした。

マシューの墓の近くにあった草むらに伏せながら闇《やみ》が濃《こ》くなるのをジッと待った。腹這《はらば》いになっているので寒気が厳しいだろうに、ヨーゼフは弱音ひとつ吐かない。

——待つこと数時間。やつは舞い戻《もど》って来た。

シロマダラは闇の向こうでぬっと立ち上がると、ふうふう生臭《なまぐさ》い息を吐き出しながら周囲の様子を探《さぐ》っている。安全かどうか確認しているのだ。

「旦那のいうとおりホントに戻って来やがったぜ」

「し。黙ってろ。かなり近い」

俺が命じた冒涜的行為とは、深く埋めたはずのマシューをあえて空気に触《ふ》れさせるほどの浅さに埋め直させたことだった。

シロマダラは戦闘中にもかかわらず、マシューの腸の半ばを貪り続けていた。これはあらゆるクマに見られる獲物《えもの》に対する強い執着心《しゅうちゃくしん》のなせる業《わざ》だ。クマというものは、一旦《いったん》口をつけた獲物を絶対にあきらめない。日本の北海道三毛別で七人の死者を出したヒグマ事件のときも、食い残してある遺骸《いがい》に異様なまでに執着《しゅうちゃく》している。

来い。おまえをやる算段は、とうについているのだ。

ふーっふーっと荒《あら》い息を響かせながら、黒々とした巌のような魔獣はついにこらえかねたように、走り出し――そして罠に落ちた。

ごおおおっ

と、途方《とほう》もない咆哮《ほうこう》が響き渡り、次いでシロマダラが落とし穴に落ちた地響《じひび》きを感じて立ち上がった。

「やったっ」

「いや、まだだ」

苦労して墓穴の前に掘った深さ三メートルほどの大穴は難儀《なんぎ》であったが、シロマダラの巨体《きょたい》を沈《しず》めるほどの深さではない。

だが、こちらも大汗《おおあせ》をかいて仕掛《しか》けたのだ。穴の底にはトリカブトの猛毒《もうどく》をたっぷり塗った竹槍《たけやり》を潜《ひそ》ませている。

あの固い毛皮にどれほど有効かはわからないが、少なくともギョッとさせる程度の隙《すき》が生まれればいい。

「火っ」

「応よ！」

俺の命にヨーゼフはすぐさま応じると、縄《なわ》を引っかけた油壷《あぶらつぼ》を素早《すばや》く旋回《せんかい》させ右往左往するシロマダラに放り投げた。

近い上にあの巨体だ。はずしようもない。壺《つぼ》の口にねじ入れてあった手拭《てぬぐ》いを丸めた火口が濡れそぼったシロマダラの身体《からだ》に炎を走らせた。

たちまち真っ赤な火が身体中に回ってシロマダラは混乱に陥《おちい》った。やつは巨体の上に素早い。そう何度も逃がせば、あいつは恐《おそ》れて身を隠す可能性が高い。

今夜は必ず決着をつける。

今までの小細工は、シロマダラの足を鈍《にぶ》らせるお遊びのようなもの。

俺は草むらに向かってダッシュするシロマダラの前に立ちはだかると、両腕《りょううで》を天に突き上げて雄《お》たけびを上げた。

火達磨《ひだるま》になったやつも必死だ。逃げきれないとわかれば、野生の本能として戦うことを決めるだろう。

めらめらと炎を身体中から燃え立たせながら、シロマダラは転がるようにして真正面から突っ込んで来た。

ヨーゼフの手持ちの油量は少なかった。火の回りは致命傷《ちめいしょう》にはならないだろう。

俺は車輪のように振り回されるシロマダラの必殺の爪攻撃《つめこうげき》を華麗《かれい》にさばいた。同時に右脇腹にやつの頭を抱《かか》え込み、回した右腕《みぎうで》の掌《てのひら》を左手でガッチリとホールドした。

これで真正面からやつの巨大《きょだい》な首を捉《とら》えたこととなる。

ギロチンチョークと呼ばれるこの技《わざ》は俺とシロマダラが雌雄《しゆう》を決するに相応《ふさわ》しいものだった。

満身の力を込める。

コイツが身を低くして突っ込んできてくれたことがさいわいした。

体格が生物として違い過ぎるのだ。二メートルを超える俺の巨体もシロマダラに比べれば半分程度でしかない。ならば残りを埋めるのは気迫《きはく》と折れない魂《たましい》だけだ。

奥歯《おくば》を噛み込んで身体を突っ張らせた。

万力で締《し》めつけるイメージ。

自分が一個の機械となったイメージ。

無論、シロマダラも四本の腕を振り回して必死の抵抗《ていこう》を見せた。

ガツガツと、ところ構わずシロマダラのぶん回した強靭《きょうじん》な爪が抉《えぐ》ってくる。

筆舌《ひつぜつ》に尽くし難《がた》い痛みに耐えて、耐えて、耐え抜いて、一気に腕を絞り上げる。

上体を反らしながら両脚《りょうあし》を地に踏《ふ》ん張《ば》って首を引っこ抜く勢いで全力を動員した。

シロマダラは俺を引き剥《は》がそうと必死に肉という肉を震《ふる》わせ、喚《わめ》き、哭《な》いた。

自分の両腕が千切れるんじゃないかと思うほど、引いて引いて、引き絞った。

不意に、シロマダラの抵抗が止《や》んだ。

みちみちめりめり、と肉が最期《さいご》の断末魔《だんまつま》を上げてか細く終わりを告げたのだ。

「や、やったか」

長々とシロマダラが地に伸《の》びていた。

逆立っていた体毛が寝《ね》ている。

それはこの魔獣の完全なる死を意味していた。

「スゲェ。旦那、やった……アンタ、やってくれた。やってくれたんだな！」

ヨーゼフが、固唾《かたず》を呑《の》んで見守っていた冒険者たちが、わらわらと草むらから這《は》い出《で》て駆《か》け寄《よ》って来た。

シロマダラとの戦いでロクに動けぬ重傷者であった彼らは、せめて戦いの結末を見届けようと、里に下りず息をひそめて隠れていたのだ。いや……病院行けよ。

あちー。それにしても苦しい戦いだったな。

そっと背中に手をやると強烈な日焼けのようにあちこちがヒリヒリする。デカグマの引っ掻き攻撃をモロに喰らった後遺症《こういしょう》だ。

だけど、俺の毛皮は超絶《ちょうぜつ》特注性なのか、切り傷ひとつなかった。

さすがだなシロクマは！

「こんなバケモノを俺たちが……」

弓使いのギルが手にした松明《たいまつ》で草地に長くなったシロマダラを照らしながら、気の抜けた声でいった。いや、君はなんもしてないからね。

ヨーゼフは山刀でシロマダラの巨大な首を斬《き》り落とし、袋《ふくろ》に詰めた。頭だけでも相当に巨大だ。ジッと見つめていると、白い歯をニッと剥《む》き出し照《て》れ臭《くさ》そうに笑った。

「こりゃほとんど旦那が斃《たお》したもんだ。後金の五〇万ポンドル。換金《かんきん》したら必ず持ってくるよ」

「いや、いらないよ。おまえたちで好きにしてくれ」

「ええっ！　ンなわけにはいかないよっ。俺ら世間じゃつまはじきにされてる冒険者だけど恩人から報奨金《ほうしょうきん》をかすめ取るほど落ちちゃいねー！」

「そうだ」

「そうだよ、シロクマの旦那」

やいのやいのと周囲が騒《さわ》ぎ出す。どうやらカッコだけというわけではない。ヨーゼフをはじめとした男たちは、俺が思っているよりずっと義理堅く魂の熱い連中だったみたいだ。

「けど、この森で金なんてもらってても使い道がないよ」

「それは……」

「おまえたちだって、治療費《ちりょうひ》やクマ狩《が》りに金をつぎ込んだんだろ。その冒険者ってのはどんな仕事かよくわからないけど、人間たちには金がいくらあったって悪かないはずだ。森のクマには金は必要ないよ。金貨をもらっても食べられるわけじゃないしな」

「けど……けどっ。それじゃあ、俺たちの気持ちが収まらねぇよ」

「ヨーゼフ。ここは旦那のいうとおり気持ちよく受け取っておいたらどうだ？　ロイの妹の病が治ったって、その間借りた借金もあるしな。借りはほかのことで返せばいい」

ギルがヨーゼフの肩をポンポンと叩き、渋《しぶ》く決めた。

おう、そうだ。おまえはたいして役に立ってないけどな。

「ま、そういうことだ。その代わりといっちゃアレだが、おまえさんたちにちょっと頼《たの》みたいことがあるんだ」

「頼み？」

ヨーゼフが目玉をまん丸くして素《す》っ頓狂《とんきょう》な声を出した。俺は片目をつむると、爪の伸びた指を突き出しぐふふと低い声で笑い舌を出した。

「わ！　わわわっ。すごいです、これ。砂糖に、塩に反物に、医薬品……おっきな鏡やお野菜がいっぱいですっ。油や調味料とか……！　クマキチさま、これってどうしたんですか」

「え、ええと。親切な人に分けてもらったんだよ」

「ええっ」

ルルティナが俺の曳いて来た箱車の中身を見て飛び上がった。

そうなのだ。

俺は報奨金の代わりにヨーゼフたちに頼んで街から必要な物資を買いつけてもらうことにしたのだった。

後金の五〇万ポンドルは、とりあえず半分ことということにした。

というわけで俺の取り分は、半分の二五万ポンドルだ。

この世界の貨幣価値はよくわからんが……ヨーゼフに幾《いく》つか問い質して、だいたい日本円にして二五〇万円くらいだということがわかった。

とりあえずの物資を購入しても、五〇〇〇ポンドルに満たなかった。

「あ、おかしだー」

「おかしすきー」

「たべたーい」

長らく甘《あま》いものに飢《う》えていたのか、三つ子たちは菓子袋を見ると尻《しり》に火がついたように
あたりを駆け出した。

もちろんのこと、小麦もたっぷりあるのでパンも焼き放題なのだ。

これで肉一色だった食生活に彩りが出るだろう。

「だ、ダメだってっ。これはぜんぶクマキチさまのものなんですから。なにか特別な日じ
ゃないと食べちゃダメなんですっ」

ルルティナがたしなめると、ちっちゃな子たちは地面にひっくり返ってひゃんひゃん泣
き出した。しっぽがくりくり地を掃《は》いているところがなんともかわいい。

隙を衝いてアルティナが砂糖壺を持ち上げようとしたところを見つけられ、リリティナ
に頭をぺしんとやられていた。

だが、リリティナもイチゴジャムの入った瓶を激しくガン見していた。

うんうんわかるわかる。女の子は甘いもん好きだからねー。わかるよっ。

「ダークエルフの旅商人と知り合ったんだ。これからは月イチでこっそり届けてくれるこ

とになったんだ。数だって少ないし、ここがバレるようなこともないだろう。だから――」

「クマキチさまぁ」

「今日が特別な日だ」

「……はいっ」

ルルティナは瞳《ひとみ》の縁に盛り上がった涙を人差し指で払うと、妹たちに向き直り微笑《ほほえ》んだ。

「じゃ、今日はお姉ちゃんが頑張《がんば》っておいっしいパンを焼いてあげるぞー！　お菓子も解禁しちゃいますっ。ね、クマキチさま」

「ははっ」

俺は太陽のように微笑むルルティナと見つめ合った。それから箱車に群がるウェアウルフの姉妹たちのよく動くしっぽに目を細めた。

第八話　攫われたルルティナ

「もーリリは鏡ばかり見てないで、ララたちの面倒《めんどう》少しは見てあげてよ」

「姉さんはうるさいですね。朝の身支度はきちんとしないとクマキチさまに愛想を尽かされますよ」

「ふぎっ」

ルルティナがおかしな声を上げて固まった。ぎぎぎと妙《みょう》な動きで首を回すと、慌てたように髪《かみ》や衣服をわたわたと触《さわ》り出す。

手鏡と小さめの姿見を手に入れてからというもの、リリティナはおしゃれに余念がない。

基本、ルルティナたちはお嬢なので狩猟《しゅりょう》などはからっきしなのだが、裁縫《さいほう》や料理は上手なのだ。

花嫁修業《はなよめしゅぎょう》の基礎《きそ》はできているのだろう。この世界では吊《つ》るしのような服はなく、ほとんどがオーダーメイドらしい。

もちろん、森の外に出られないことを知っていてヨーゼフに布地の購入も依頼したのだが、それ以来リリティナはお裁縫マシーンと化し、新たな服を作るのに余念がない。

すれ切れたボロボロの服は雑巾やハンドタオル、フェイスタオルと変化を遂げて、小奇麗でさっぱりとした色合いのものに移行していった。

元々が極《きわ》めつけの美少女たちなのだ。配色の乏しい布地よりも、ちょっと華美に思える服装に着替えるだけでグッとレベルが一段も二段も上のものになった。

「ね。クマキチさま。リリには、これとこれ。どっちが似合うと思いますか？」

「え、あー、うー」

リリティナは裁断した目にも清々しい若草色とえんじ色の布地をかざして意見を聞いて来る。

ぶっちゃけ、シロクマであり前世もそれほど女性にもてなかった俺にそのような高等判断ができるはずもない。よって大平《おおひら》首相のような答弁で時間を稼《かせ》ぐしかないのだ。

「ちょっとリリティナ。あなたね。あまりクマキチさまのお手をわずらわせるんじゃありませんっ」

「別にわずらわせてなんかいないわ。ね、クマキチさま。クマキチさまもおそばに侍る女にはいつも美しく着飾ってもらったほうがよろしいでしょう」

「あ、あー、あなたねっ」

まあまあ。姉妹で喧嘩《けんか》するんじゃありませんよ、君たち。

俺はのっそりとその場を去ると、外できゃいきゃいと騒ぐ三つ子たちを目で追った。

おや？　ふと気づくと、甘辛いようないい匂《にお》いがする。

そろそろ昼どきだろうか。アルティナが鍋《なべ》をぐつぐつさせて猪《いのしし》の肉を煮《に》ていた。

なんだか美味しそうだね。

「……ジャム煮。作ってみた」

ただ焼いたりゆでたりするだけではなく、ジャム煮とは……やるな。

この料理、それほど調理方法は難しくない。

ぶつ切りにした猪肉のロースを鍋にぶち込み、スライスした玉ねぎ、ニンジンを入れ、ジャムと塩と魚醤をぶち込んだだけである。

魚醤は捕《と》らえた川魚をよく洗って内臓を出し、塩漬けにしておけば底のほうに自然と溜《た》まってできるのだ。ニョクマムやナンプラー、しょっつると同じだね。

ちなみにわざわざ作ったわけではなく、売っていたのをヨーゼフに買ってきてもらっただけだが、これが案外にイケるのだ。

全員でなかよく昼食をとったのち、再び家作りの作業にとっかかる。

ノッチを入れた丸太を四方に配し、組んでゆく。

この際、下部に使用する丸太は火で表面が黒くなるまで炙《あぶ》っておく。こうして炭化させておかないとダメになってしまうのだ。

入り口の部分は切っておく。斜《なな》めに傾斜《けいしゃ》ができるよう組んでいくのだが、今回冬の訪れを考慮して床《ゆか》の中央部は囲炉裏が組めるよう真四角に切っておいたのだ。

今回は、屋根を作りやすい片流れタイプのものにした。

上に行くに従って丸太の長さを短くしておき、最後にノッチを入れたものをかぶせてゆく。

こうすることによって四角な箱へと斜めな屋根をつけたそれなりに見栄えのするログキャビンが完成した。

「すごいです。これ、私たちの家ですか……？」

ルルティナたちは仮組みができたログキャビンを見て茫然《ぼうぜん》としていた。えへん、と発案者にしては頭に思い描いていたものがそれなりにカタチになるとうれしいものだ。

「今日からここで寝ればいいよ。洞窟《どうくつ》の中だと、寒さがキツイ季節だもんな」

「やたー」

「おうちだー」

「ラナ、きょうからここでねゆのー」

三つ子たちが転がるようにして家の中に飛び込んでゆく。ここまでよろこんでもらうと男冥利に尽きるぜ。

「すごい……新築の、木の香《かお》りだ……あ、あれ。あれ？」

丸太を半割りにしたお世辞にもなめらかとはいえない床を撫《な》でていたリリティナが涙を目に浮《う》かべた。ルルティナも感極《かんきわ》まって、俺《おれ》の腕《うで》をギュッと握り燃えるように熱い視線を送っている。

無理もないだろう。十五、六の娘《むすめ》が両親を失い、それまで不自由のなかった生活を失い畜生同然に野山に伏《ふく》し、不自由に歯を食いしばって耐えて来たのだ。

まだまだ文化的な生活とはいえないまでも、少しだけはマシになった。そう思える仕事が手伝えたんじゃないかなと、俺は思って柄《がら》にもなく目頭が熱くなった。

「クマキチさま。なんと、お礼をいっていいのか私には……父母を失った私たちは天下の孤児《こじ》でした。その日に食べるものすら窮していた私たちを、あなたは身体だけではなく心まで満たし、お救いくださった。感謝……感謝しか、申しようがございません」

ルルティナたちは俺に向かって拝跪すると押《お》し黙った。三つ子たちも無駄《むだ》口ひとつ利《き》かず頭を下げている。強い感情は言葉を使わずとも充分《じゅうぶん》に通じるものだ。俺はすごく照れ臭《くさ》くなって頭をガリガリと掻いた。

「ほら、もうそのくらいでいいから。さ。まだ、作業は終わってないよ。みんな、手伝ってくれるかな？　ここはルルティナたちの家なんだからさ」

「違う」

口数の少ないアルティナがハッキリとした口調でいい切った。

「アルティナ？」

ルルティナが驚《おどろ》いた声を出し顔を上げた。

「……私たちだけのものじゃない。ここは、クマキチさまと私たちのおうち」

あかん。

涙腺が決壊してしまうじゃんか、こんなの――。

「とにかくまだおうちは完成してないんで。みんなも作業を手伝ってくれるかなー」

はーい、とよいお返事。

まずこの丸太のままでは雨漏りするので屋根をふかなければならない。

が、この作業、超重量級の俺では上に登って行うことができないので、手先の器用なアルティナに託すこととした。

「まかせて」

木の皮を厚めに剥《は》いでおいたものがいよいよ役に立つときがきたのだ。

微妙《びみょう》にずらして重ねて釘《くぎ》を打つ。とんてんかんと森の中に軽やかなトンカチの音が響《ひび》くのだ。

「で、君たちにやってもらいたいのは、外壁《がいへき》工事だ。ほら、この丸太組の隙間。特に屋根の真下は穴があってスースーするし、虫が入ってくると困るだろ。なので、粘土を使って埋めてもらいたいと思います」

こういう細かな作業は多人数でやったほうが早い。森にふんだんにある粘土を練って、左官よろしく丸太と丸太の隙間に塗り込んでいく。これはちっちゃな子たちには好評だった。ルルティナとリリティナも「んしょんしょ」と額に汗《あせ》して作業に邁進している。ま、乾けば硬くなるし。自然の知恵《ちえ》ってやつだな。

夕方頃《ころ》にはひととおり目途《めど》をつけて切り上げた。入り口には板を切り出した引き戸をつけておいたよ！

いや、自分でやるとなるとなにもかも大変だわ。

細い溝掘るのも難しかったし。先人の知恵には参ります。

「わ。すごい。とってもあったかく感じます」

ルルティナがランタンを灯しながら感動の声を漏《も》らす。

囲炉裏の枠《わく》には柿の木を使用してみました。囲炉裏自体作り方は難しくない。底部には土砂を詰んで、接する四方には延焼や灰漏れを防ぐ粘土を盛っておく。そんで、上に灰を敷《し》き詰《つ》めれば完成である。天井には木と縄で作った自在カギをつけておいたので、ここに鍋を引っかけ煮炊きができるっていう寸法さ。

「おねーちゃん。もうこれでさむくないねっ」

「ん。よかったね、ラロ」

リリティィナがにっこりするラロの頭を撫でながらやさしく答えた。

囲炉裏の火は家族の絆を確かにする。ヨーゼフから新しい毛布をどっさり買いつけてあったので、敷き藁やササの上で寝ていた頃とは雲泥《うんでい》の差だった。

「クマキチさま。今日はお野菜たっぷりのキノコ鍋ですよ」

ルルティィナがそばにいて、なにくれと世話を焼いてくれるので不自由はない。

俺は椀に盛られたキノコ汁をがばがばっと掻き込んだ。リリティィナがぱちぱちっと拍手してくれる。ちょっとした若すぎるキャバクラみたいだ。

「ここ、かぜひゅーひゅーしないんだねぇー」

ラナがそういって毛布にくるまりきゃっきゃっと声を上げた。

ベイビーたちよ。おじさん、頑張った甲斐《かい》があるってもんだぜ。

その日は、久方ぶりに熟睡できたような気がした。

まったく住居というものは重要なものだと再認識《さいにんしき》させられた。


うっとりとした表情で寝こけているルルティナを眺《なが》めているうちに夜が明けた。

体温高めの俺は水色に変わってゆく空から降るツンとした朝の空気が肌《はだ》に心地《ここち》よい。

起き抜《ぬ》けに囲炉裏の火を足しておいたので、彼女《かのじょ》たちはもうちょいとろとろとした眠りをむさぼっていられるだろう。

ほぼ習慣となった罠のかかり具合を見に縄張《なわば》りを巡回する。

今朝はぴょぴょっと小鳥のような鳴き声のリスが八匹《ぴき》ほど獲れた。

テンやイタチも獲れたが肉が臭いので放《はな》してやる。

リスは雑食であるイタチなどと違って木の実しか食べないので肉が上品な味である。

タヌキも脂《あぶら》が乗って美味《うま》いというが、俺は積極的に捕食する気持ちになれない。

なぜならタヌキはものすごく臭いのだ。

日本でも昔から知られているほどで、まず好んで食べる人間はいない。

近年は猖獗《しょうけつ》したダニなどにやられ、皮膚などがものすごいことになっているので、食うはずもないと聞いた。そうでなくても、わざわざ取ろうとは思わないが。

俺はリスを骨ごとすり潰《つぶ》して肉団子にして鍋にした。

ルルティナたちは生まれつき胃がいいのか、毎食肉料理でも文句を絶対いわない。

これに焼き立てのパンがつく。適当に作った石窯でも結構美味しく作れるものだと感心してしまう。

リリティナはパンが作れるようになってからは、朝は絶対に肉を食わなくなった。

紅茶を飲んで、優雅なひとときだ。リリティナはやはりみなとちがったなにかを感じてしまう高貴さが漂《ただよ》っている。俺は断然ルルティナ推しなのだが――。

目前の大仕事であるログキャビン作りが終わってしまったことで、気が抜けていたのだろうか。

俺はついついルルティナが三つ子を連れてキノコ狩りに行くことをたいした警戒心《けいかい》もなく許可してしまった。

すぐ戻る。

そういって出かけて行った彼女であったが、昼どきを過ぎても帰ってくる気配がない。

場所は俺も行ったことがある、歩いて三十分もかからない場所なのだ。

「姉さん、遅《おそ》いですね」

「うん。ま、そのうち戻って来るだろう。遊んでるんだよ、きっと」

思えばそのときにはすでにことが終わっていたのだろう。

三時のおやつどきになっても気配すら見せないことに業を煮やし、丸太の上から腰を浮かせかけたとき、ララ、ラナ、ラロの三人娘たちが転がるように木々の中から泣きながら駆け寄って来たのだ。

「おい、どうした！　ルルティィナはどこだっ」

膝《ひざ》にしがみついてくるララを抱《だ》き上げた。強い恐怖《きょうふ》にあったせいか、しっぽを内股にくるりと巻き込んでいた。激しくしゃくり上げている。ロクに口も利けないようだった。あきらめて足下《あしもと》を見回すと、ラナとラロは怯《おび》えながらもなにかを伝えようとしていた。

「あなたたちっ。姉さんがどうしたっていうのっ」

リリティィナが青い顔で跪《ひざまず》いた。ラナとラロはリリティィナにわっと抱きつくと、涙《なみだ》と鼻水で顔をくしゃくしゃにした。

「おねーちゃが、おねーちゃがっ」

「わるいニンゲンにつれてかれたぁ！」

瞬間《しゅんかん》、全身の体毛が残らず逆立っているのを感じた。

リリティィナが泣きじゃくる三つ子たちからなんとか情報を聞き出そうと苦慮したが、唯《ゆい》一《いつ》わかったのは剣《けん》や槍《やり》などを持った多勢の兵隊であるということだけだった。

「おねーちゃ、うじゅっ。あたしたちに、にげろって……」

「ずっと、いなくなるまで、ずっとかくれてなさいって……」

ルルティナはとっさに三つ子を逃がして兵たちが引き上げるまで繁《しげ》みに隠《かく》れているよう指示したらしい。そのせいで、三つ子たちが戻ってくるまで時間が経過してしまった。

連れ去られたというのなら、これはもう間違《まちが》いなくはじめてルルティナと出会ったときに見たロムレスの兵たちだろう。

「リリティナ。万が一ってことがある。みんなを連れて、ここからずっと離れた森の奥《おく》に避難しててくれ」

「クマキチさま……？」

「ルルティナはどんなことがあっても必ず無事に連れて戻る。任せたぞ」

「はい。リリティナは、クマキチさまを信じていますから」

冷静になれと念じてみても、早鐘を打つような胸の鼓動は激しさを増すばかりだった。

まず、ルルティナたちがキノコ狩りを行っていた地点にたどり着くと、俺は四《よ》つん這《ば》いになって臭いを嗅《か》ぎ出した。クマの嗅覚《きゅうかく》は犬と同等にすぐれている。

俺は馴染のあるルルティナのふわりとした匂いと鉄や血と入り混じった男たちの臭いを拾い出した。

もう、長いこと雨が降っていないので空気が乾燥《かんそう》している。樹木の生い茂《しげ》った枝葉で天は隠されているが、たぶんあと数日間は雨は降らないだろうと、本能で感じ取ることができる。

すぐさま臭跡を追って歩き出した。湿った落ち葉や土に兵隊たちの軍靴や槍の石杖をついた独特のものまで嗅ぎ取ることができた。ほとんど争わなかったのだろう。案じていた血の臭いはない。となれば、兵隊たちの目的はルルティナの身柄の確保にあったのだ。

進むにつれて、ドンドンと里の匂いが濃くなってゆく。

人家らしきものの影《かげ》が見えたところで、脚《あし》を止めた。

どうすればいいのだ。自分は見た目通りシロクマである。人語こそ操れるものの、日頃《ひごろ》没交渉であった村人にこの姿かたちで語りかけたところでまともに取り合ってもらえるとは思えない。

こうなればシロクマラッキー人類さよならといっていた頃の自分が恨めしかった。

貧すれば鈍《どん》するという。ついに俺の智も底を突きかけ、いっそ夜半に村へと忍び込んで誰《だれ》ぞを拉致《らち》し、無理無体にでも情報を根こそぎ集めさせるかというトンデモな考えに至ったとき、背後の藪《やぶ》から聞いたことのある声が飛び出た。

「旦那《だんな》？　旦那だよな。こんな里まで下りてきて、なにをやっているんだ」

「ヨーゼフ。なんでおまえがこんなとこに……」

「なんでって……あ、そうそう。シロマダラ退治のお礼にこのあたりの村人たちから砂糖菓子をもらったんだ。旦那、ちっちゃい子供がいるんだろ？　へへ。おすそ分けに、と思っていつもの場所に行ったんだけど、さ」

別に約束なんてしてなかっただろ。

ヨーゼフを疑うわけではないが、ルルティナたちのことを思えば存在は秘匿しておいたほうがいいはずだ。俺たちは、月の初日に最初に出会った草地で会うこと以外は取り決めをしていなかった。それに、俺やルルティナたちが住んでいる家は、かなりぐるぐるとわかりにくい森の道を通らねばたどり着けない場所にある。

「い、いや、そりゃ約束なんてしてなかったけどよ。俺が勝手に待ってたんだから、さ。もし会えたらいいなっ、てくらいで。この菓子、美味いんだ。旦那の子供たちもよろこぶと思ってよ……」

ヨーゼフはそういうと恥ずかしそうに頬《ほお》を赤くして、いたずらの見つかった少年のような仕草で長い耳の裏を掻いた。

こんな純粋《じゅんすい》な青年を疑った自分が恥《は》ずかしいぜ――。

俺はルルティナたちとの共生生活を上手《うま》くいい表すことができず、家族と曖昧に答えていたのだが、ヨーゼフはそれを文字通り受け取ってルルティィナを俺の女房、三つ子たちを俺の子であると認識しているようだった。

「実は、是非《ぜひ》ともおまえに頼みたいことがあるんだ」

「なんだ。いってくれよ。俺にできることならなんだって力になるぜ」

俺はヨーゼフが投げた紙袋から真っ白な砂糖菓子を取り出すと丈夫《じょうぶ》な歯でがりがりっと噛《か》み砕いた。

なるほど。これはいい砂糖を使っている。ほのかで上品な甘さがじわりと脳に染み込んでゆく。頭の中身はスッと冷えたが胸の心臓だけはカッカッと炎《ほのお》が燃えたぎっている。

「ルルティィナがロムレスの兵隊に捕《つか》まったらしいんだ。なにかそれらしいやつらの情報を知らないだろうか？」

「兵隊——だとすると、そいつはひとつっきゃねえぜ、旦那。今日の夕方頃、ギルドには砦《とりで》の兵士たちがなにか大物を捕まえたっていう情報が入ってきてた。狩りをするとは聞いていたんだが。……そうか！　やつら、今まで引っ込んでたのはシロマダラを恐れていたせいなんだ。俺らが、アレをぶっ殺したから、こんだァ安心して獲物を捕まえに森に入ってたってことかよ、チキショウ！」

そうか。俺たちが村々の恐れていた魔獣《まじゅう》シロマダラという怪物《かいぶつ》グマを仕留めたせいで、それがフィルターになっていたウェアウルフ狩りを再開したんだな……！

なんてこった。これじゃあ俺はルルティナの首を絞めるために、ロムレス兵たちの障害を取り除いてやったようなもんじゃないか。

「エルム族ってのもわりかし珍しいらしいし、あいつら」

いや、俺たちはそのエルム族ってやつではないんだが。

「たぶん、旦那のカミさんが捕らえられてるのはこっから西に二〇里ほど離れたイノコ砦に間違いない。村の酒屋が無理やり祝い酒を供出させられたってぼやいてた」

よし。そんだけの情報があれば、たぶん間違いないな。もし、違《ちが》ったときは砦の守備隊長でも人質に取って無理やりルルティナを探させちゃる。そのくらいの腹は決めてここまで下りて来たんだ。

「って、旦那！　どこ行くんだよ。もしかしてひとりで乗り込むつもりじゃねぇだろうなっ」

そのまさかなんだよ、ヨーゼフ。

俺はクマの中のクマ。シロクマだ。獲物《えもの》と家族にゃ誰よりも執着する男だぜ。

「砦の兵は一〇〇を超《こ》えてるはず。幾ら辺境のヘボ騎士《きし》ぞろいとはいえ、旦那ひとりじゃ無茶《むちゃ》ってもんだよ」

止めてくれるなよ。いや、いろいろと世話になったな。俺がそういって、カッコよく人差し指を頭の上にかざし、ビッとやって立ち去ろうとしたらしっぽを掴まれた。

んだよもぉ。カッコよさが薄れるじゃんか。

「俺も行く。ギルたちも呼びたいとこだが、あいつらはこの前の後遺症で戦力にならねぇ。なら、俺があいつらの分まで旦那の力にならにゃあ、義理が立たねぇ」

「ヨーゼフ。そこまでする必要はない。おまえまで追われるハメになるかも知れんぞ」

「嫌《いや》だ。旦那に俺たちゃ命を救われたんだ。それに旦那のカミさんなら俺たちにとって姉さんみたいなもんだ。見捨ててなんかいられねぇよ！」

このイケメンダークエルフさんめ……！

くそ。俺が女だったら今ので確実に抱かれてたね。それくらいヨーゼフの啖呵はバッチリ決まっていた。

「それにイノコ砦の主将ハドウィンはここいら周辺でも大の鼻つまみもんだ。辺境伯《はく》の妾の子だかなんだか知らねぇが、勝手に臨時税を徴収するわ、街衆や村衆の若い女を手あたり次第《しだい》とっ捕まえて慰みものにし、飽《あ》きたら淫売宿に叩《たた》き売って私腹を肥やしてるありさまだ。コイツは世直しってもんだ。旦那もカミさんが心配……あ、いや、なんだぁ。とにかくだ、そうと決まればとっとと砦に攻め入って旦那のカミさんを助けなきゃな！」

おーい、なぜ今口籠ったんだ。

さては俺のカミさんだからクマだ！　とでも思ったのか。

いいじゃないか、たとえクマであったとしても。とってももっふもふだぞ。

女性として愛せるかどうかはわからないけど。そもそも発情の時期じゃないせいか、なにを見てもそういう気持ちには一切ならないがな。

俺はルルティナが自分と同じく、黒い毛でもっふもふに覆われた画を脳裏にそっと描いてみた。

クマキチさま、と緑の草にしどけなく寝ころびころころした腕をそっと差し伸ばす彼女の姿。

あれ？　これって相当イケるんじゃね？

ダメだ、自分というものがわからなくなってきた。とにかく今はルルティナの救出に全力を尽《つ》くすのみだ！　行くぜ、シロクマパワーだ。えいえいおーっ。


手こずらせやがってこのバカ女がっ。

手酷《てひど》く棒きれで打ち据えられたルルティナはがっくりと首を前に折ってうなだれた。手鎖で絡めとられた両腕《りょううで》をぴんと上に張ったまま、それでも誇りだけは失わないようにと強く下唇《したくちびる》を噛んで、雨のように振《ふ》りかかって来る罵言に耐《た》えた。

あきらかに警戒不足だった。幼い三つ子の妹たちを逃《に》がすのが精一杯で、気づいたときは右足首を矢で著しく傷つけられていた。

前回、接近戦で手痛い目に遭ったことがよほど骨身に染《し》みたのか、三十人ほどのロムレス兵は遠巻きにして幾重もの網を打ちかけると、ほとんど抵抗もできなくなったルルティナをこん棒でこれでもかというほど打ち据え、意識を失うほど叩きのめした。

「へ。さすがウェアウルフの娘っ子だ。普通《ふつう》なら、あれほど殴られりゃあ大の男だって泣きごとのひとつくらい漏らすってのに。さすが、族長さまの娘は違うねぇ」

太り肉の男が上半身を肌脱ぎになって興奮した面持ちで手にした棒を舐《な》めたくった。

すでに衣服は根こそぎ剥がれ、下着だけになっている。

もうひとりの皮のマスクをかぶった長身の男はルルティナの汗と血が滲んだ肌を嘗め回すように眺めていた。

ここにいたって無傷ですむと思うほどルルティナは世間知らずではなかった。

「キヒヒ。ったくなんてェいーい身体《からだ》してやがんだぁ。コイツを好き放題できねぇってのは、とんだ生殺しだぜ」

「ザックス。おれたちが許されてんのはあくまで、このアマっ子を痛めつけるだけだ。下手に突っ込んでみろ。亜人《あじん》好きのハドウィンさまにどのようなお咎めを受けるかわからねーぞ」

「ケッ。デケェ図体《ずうたい》しやがってからに、おまえはそういう臆病《おくびょう》なとこがいけねぇ。ふん。ハドウィンさまは、先に攫ってきた村娘で二、三発お楽しみになっていなさる。この亜人娘を楽しむのはどーせ明日以降だ。それまでなら、軽くおれらが味見をしたって誰にもわかりゃしねぇよ」

「それ以上近づいてみなさい。タダではすみませんよ」

ザックスがそろりと手を伸ばしたところをルティナが毅然とした態度で牽制した。

「はっ。なにをいってやがんだ。ここは砦の地下牢だ。おまえが喚こうがなにしようが、誰も気にしねー。第一、施錠《せじょう》されてんだぜ。ま、従順に奉仕するっていうなら、こわーい道具は使わないでおいてやってもいいんだぜ」

ザックスは先端《せんたん》が異様に湾曲《わんきょく》したかなてこをルティナに突《つ》きつけると、再び気味の悪い笑い声をひっひっと漏らす。ルルティナは赤黒く染まったかなてこの割れ目から目を背けると、小さく呻《うめ》いた。

「前にコイツをうしろに突っ込んだ女は泣きながら許してくださいザックスさまと何度も何度も懇願《こんがん》したがおれは許さなかった。わかるか？　服従するなら最初からしろと、そういうことなんだよ。中途半端《はんぱ》は許されない。ああ？　わかるかっ」

ザックスが無理やり顎《あご》先をつまんでぐいと視線を合わせてくる。ルルティナは込み上げてくる恐怖と惨《みじ》めさを押し殺しながらなおも必死に睨《にら》み返した。

「父上が無事ならば……こんな砦の兵などひと捻りなのにっ」

「ははっ。バーカ。確かにウェアウルフの兵は強い。そいつは、戦ったことのあるおれがよーく知ってる。この身をもって、よーく味わってんだ」

地から響いて来そうな声。怨讐《えんしゅう》と憤怒に満ちた瞳をめらめらと燃え立たせながら、ザックスはつけていた仮面をずるりと脱いだ。

「ひっ――」

そこには縦横無尽《じゅうおうむじん》に切り刻まれた醜い切り傷があった。

「一騎討《いっきう》ちだった。確かにベルベーラ族の戦士は剽悍《ひょうかん》な上勇猛《ゆうもう》だったが、やつらは神に祈《いの》っても許されない罪を犯したんだ。わかるか！　おまえたちはおれにトドメを刺《さ》さなかった。刺さなかったんだよ！　このツラを見やがれっ。いくら勇士と呼ばれようが、それは戦闘《せんとう》が続いている間だけなんだ。いくさが終わって家に帰ってみりゃ女房は、いくらもしないうちにおれの部下とできやがってガキを連れて出ていきやがった。その捨てゼリフが聞いて呆れるぜ。アンタのようなバケモンといっしょになった覚えはないっていうから驚きじゃねぇか！　こっちだって好き好んで亜人狩《が》りなんざやったわけじゃねぇ。コールドリッジの殿《との》さまがいうように、おれは清く正しいロムレス教徒のひとりとして戦っただけなのに、それがどうだ！　今じゃ、住む場所もねぇ上、外にだってまともに出しちゃもらえねぇ……」

気づけばルルティナの中からふつふつと湧いていた怒《いか》りが消えうせていた。

この男もいうなればいくさの犠牲者であり、自分と同じなのだ。

やさしすぎるのがルルティナの欠点というのであれば、これはもうどうすることもできない。

「おい、おまえ……！　今、俺を憐《あわ》れんだな。憐れみやがったなっ」

「そんな、私はそんなつもりじゃ」

「冗談《じょうだん》じゃねぇ。よし、決めた。おまえは徹底的《てっていてき》にいたぶってやる。それこそ、明日の朝にはおれのこと以外考えられんくらいに、本物の痛みというものを刻み込んでやる。ひ、ひひ。覚悟《かくご》しろよォ。こうなったらおれは止まらんぞぉ。止まらねぇからなぁ……」

「おい、いいかげんにしろよザックス。第一おれたちが命じられたのは、この小娘《こむすめ》に残りの家族の居場所を吐《は》かせることであって、ぶっ壊《こわ》すことじゃねえっ。あのお方のお楽しみを壊すような真似《まね》をしてみろ。どんな罰を受けるか、わかってんだろうな」

「やかましいやいっ」

「ぎゃひっ」

ザックスは手にしたかなてこの先端を近寄って来た相棒の無防備な禿頭に手加減なしに叩き込んだ。

ざしっと鈍《にぶ》い肉の打つ音が鳴って、血が激しく石畳を汚《よご》した。続けて落ちたかなてこがカランと金属音を鳴らした。

「お、おれに指図すんじゃねぇ。傷が、疼《うず》くんだよぉ。亜人を壊せってなぁ」

ザックスは手にした大き目のペンチを開閉しながら、ひたひたとルルティナに歩み寄る。

ルルティナがギュッと両目をつぶってクマキチの顔を思い浮かべたとき、ずおんと大地を揺《ゆ》るがすような音が鳴ってぱららと細かな埃《ほこり》が額に降った。

第九話 砦の戦い

思ったほど堅固ではない。それがイノコ砦に対する第一印象だった。

傍《かたわ》らのヨーゼフは弓を構えたまま小刻みに震《ふる》えていた。大丈夫かな。

「旦那。心配し過ぎだって。コイツは武者震いってやつなんで」

ともあれ、俺が想像してたような城ではないことがラッキーだった。

砦と名がついていても、俺が見知っている戦国時代における小田原城《おだわらじょう》のような防備はなさそうだ。

いや。むしろちょっと大きめの陣屋《じんや》に近いような気がする。

とりあえずは柵で周囲を覆って、四階建てなのだが一〇〇人も籠れるのかな。

人ごとであるが、ちょっと心配になってしまった。

俺が城将で「ここに籠って戦いなさい」といわれたらヤダっていうね……。

一応は門らしきものもあるが、想像してたような中世の鋼鉄製のアレじゃない。

ショボい木の扉がある。申し訳程度に槍を持った番兵が立っているが、覇気《はき》がないぞ。

なんか、マジで俺ひとりで軽く片づけられるような気がしてきた。

気になってヨーゼフを見ると普段《ふだん》通りの自分を取り繕うとしてんのバレバレである。

ありていにいって、どこか挙動不審だった。

そういうふうにキョロキョロされると恐怖がなんとなく伝染しちゃうんだよなぁ。

やめてくれよ。俺は本番に弱いタイプなのかもしれんし。

ああ、もお。これ以上迷っていても仕方がない。見敵必殺の精神でいこうじゃないか。

「旦那。なにか策はあるんですか」

「ない。このまま真《ま》っ直《す》ぐ行ってさえぎる物を残らずぶっ飛ばす。パワーオブジャスティスだ」

「かはっ。じゃあ、及ばずながら働かせていただきますよ……」

ヨーゼフにはいってていなかったが、手心を加えるつもりはない。

可能な限りひとりでも多く殺そうと決意している。

かわいそうであるが、これも戦陣のならいである。

辺境伯は数万の兵を擁しているとヨーゼフから聞いた。

いくら俺がシロクマでもそこまで無双《むそう》できるとは思わないからね。

「ヨーゼフ。合言葉は、山といったら川だ」

「おう、わかったぜ。けど、それってなんかの意味あるのかなぁ」

俺にも謎《なぞ》である。ちょっとやってみたかったという部分が大きい。

まあいいや。いたいけな婦女子を拉致《らち》るとは言語道断かつ卑劣極まる行為《こうい》だ。

天に変わってこの久間田熊吉《くまだくまきち》が成敗いたす。

イッツ・キリングタイム――――！

「な、なんだっ。なんだァ――――ッ？」

俺は四つん這いになると、クラウチングスタートの体勢から一気に駆《か》け出した。

おりゃりゃりゃりゃりゃっ。必殺の突貫《とっかん》タックルだ。

どごん、と。

肩《かた》に激しい衝撃《しょうげき》を受けた途端《とたん》、地響《じひび》きのような音が鳴って木製の門は粉々に吹っ飛んだ。

ついでに俺を止めようと立ちふさがったふたりの兵は鎧《よろい》ごと門にプレスされミンチとなった。

「す、すげぇ」

ヨーゼフが弓を構えたまま茫然と立っていた。ホラ、置いてっちゃうぜ。

「て、敵襲《てきしゅう》。敵襲――おぶっ」

砦の中に討ち入るとデカい声で仲間を呼ぼうとした男の顔を引っぱたいた。

爪《つめ》がきらりと輝《かがや》いて男の顔面を溶《と》けかけのバターのように軽々と引き裂《さ》いた。

相も変わらず絶好調。

シロクマが強いのはあたりまえ――――ッ！

狭《せま》い通路へとお誂《あつら》え向《む》きに、兵たちがバラバラと集まった。

誰もが酒宴《しゅえん》の真っ最中だったのか、防具はおろか剣を持っている人数も少ない。

「必殺、電車道ッ」

この狭い空間を活かさなくては短時間で敵を残らず平らげることはできない。

どどっ、と白い弾丸《だんがん》となって通路にひしめき合っている敵兵を残らず叩き潰した。

クマの身体とはよくできたもので、崖から転落しても死なないようにできている。

衝撃吸収力は並大抵《なみたいてい》じゃない上に、俺の毛皮は特別製だ。

「け、剣が通らねぇ」

卑怯にも背後から斬《き》りかかって来た男の刃《は》はあっさりと毛の厚みでガードする。

もふもふかつ刃を通さない。混然一体となったクマの境地をとくとご覧あれ。

左右からジャブを打つと、男の首はさくっと千切れて低い天井にぶつかり跳《は》ね返って来た。

ぐしゃりと踏み潰しながら駆けた。

五人ほどの男たちが剣を引っ提《さ》げて半包囲してきた。

俺は駆けながらスピードをゆるめず、腰《こし》をくるんと捻《ひね》って回し蹴りを浴びせた。

ご存じのとおりシロクマには脚の先にも強靭《きょうじん》な爪がぎらりと生えそろっている。

トマトに包丁を叩きつけるようなものだ。

三人の男の顔面が消し飛び、凍りついたままの残ったふたりは胸元《むなもと》に爪を突き刺してあっさりと仕留めた。

「おっとお！」

調子に乗っていたら矢をひゅんひゅんと射かけられた。が、適度に遠いので当たっても矢は毛皮の上をすべって明後日《あさって》の方向へと飛んでゆく。

俺は転がっていた男の死体を担《かつ》ぎ上げると射手に向かって「そおい！」とぶん投げた。

どすんと横倒《よこだお》しになった射手たちに向かってフライングボディアタックを浴びせてやった。

ヤワな人間の身体では受け切れるはずもない。

伸びた男たちの鉢を割ってサクサクと片づけた。

「前進だ。前進あるのみっ」

左右から襲《おそ》いかかってくる男たちを爪で薙《な》ぎ払《はら》いながら、砦の中を縦横無尽に駆けた。

む。生意気にもバリケードを張ってやがる。

木製の板を並べた防御柵をバリバリと破壊《はかい》しながら、うろたえる男たちの頭を咥《くわ》えてぶん投げ、同時に両腕を振るって爪で切り裂いた。

両腕の爪はこういう乱戦では本当に役に立つ。二刀流で戦っているようなものだ。

時折、ヨーゼフが援護射撃をしてくれているのでバタバタと数が自然に減っていくのが心強いし爽快《そうかい》だ。サンキューな。

「旦那、前っ、前っ」

ヨーゼフの警戒に両眼を前方へと見据《みす》えた。なるほど。

槍の穂先《ほさき》をそろえて突進《とっしん》を止めようとしている。

俺《おれ》はとっさに落ちていた盾を拾うと手裏剣の要領でゆくてを阻む男たちに投擲《とうてき》した。

一瞬《いっしゅん》だけ盾のショックで戦列がゆるむ。

それでいい。ただの一瞬だけでいい。

「ば、ばけもの――」

あいにくとこちらはただのシロクマってわけじゃない。

人間並みの知性を持った状況《じょうきょう》判断に富んだシロクマなんだ。

肩をぶつけるようにしてタックルをかました。

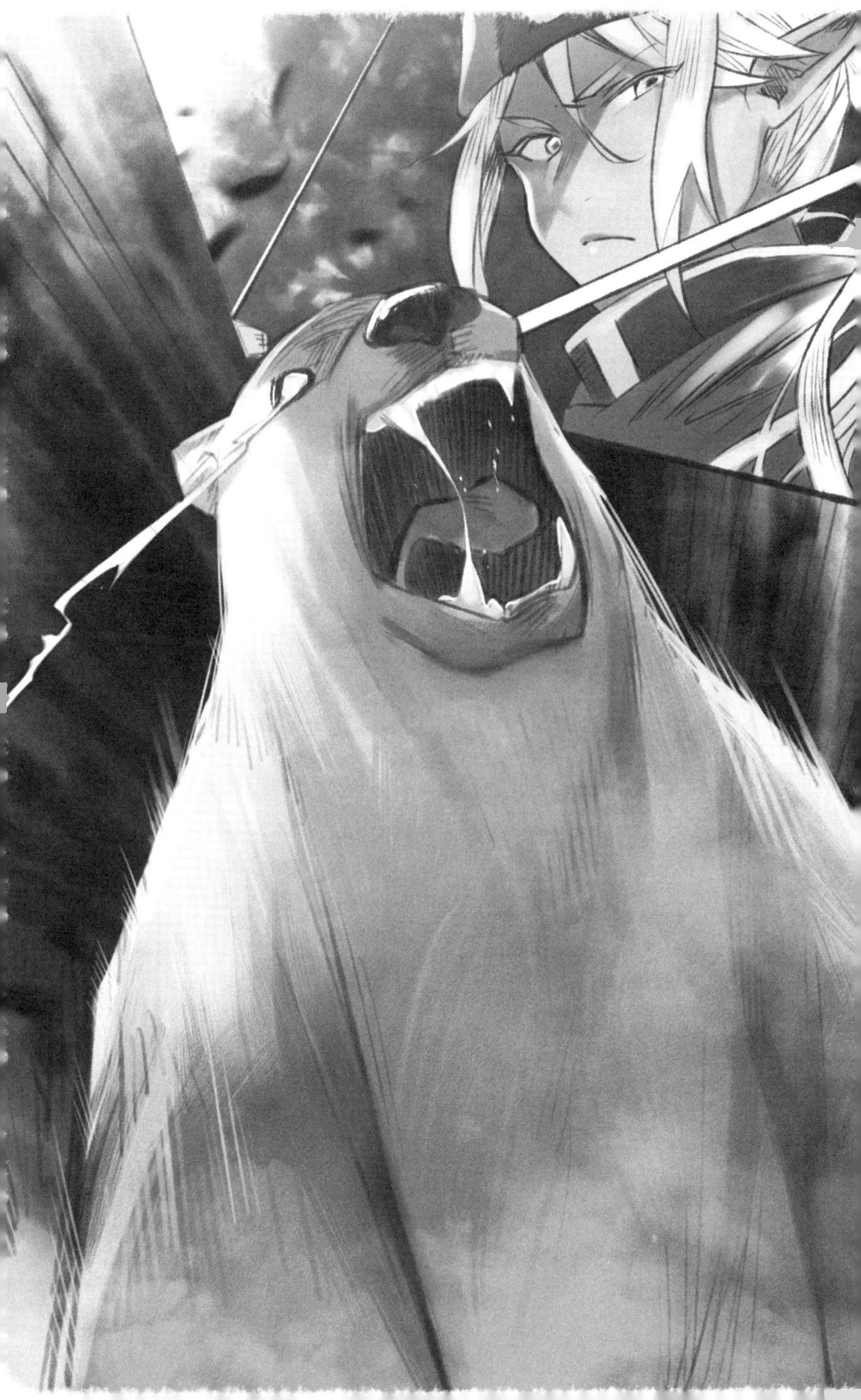

八人ほどが支えきれずゴムまりのように後方へと吹き飛んでゆく。

「ルルティナはどこだっ。どこにやった！」

寄せ来る敵を片《かた》っ端《ぱし》から叩き潰しながら、上階へ上階へと上がってゆく。

果敢《かかん》にも短剣を握《にぎ》って飛びかかって来た男の頭を鷲掴みにしたまま圧をかけた。

熟した柿のように男の頭はびちっと脳漿《のうしょう》をぶちまけて散華《さんげ》する。

脇腹《わきばら》に向かって剣を差し込もうとするふたりを同時に両脇で捕《と》らえて締めつけ、首の骨をへし折った。

颶風《ぐふう》のように荒れ狂いながら通路を駆け抜けてゆく。

どうにか俺の脇をすり抜け逃げようとする男たちをヨーゼフが次々に射殺してゆく。

突き当たった部屋を守っていた大兵肥満の大男がトゲ付きの大鉄球を突きつけると、室内に木霊《こだま》する大音声を喉《のど》からほとばしらせた。

「そこのクマ野郎《やろう》っ。ここをなんだと思ってやがる。我らロムレスの栄誉ある騎士ぞ。このようなお上を冒涜《ぼうとく》する所業を天が許すはずもないわっ」

ふざけるなよ。

か弱い婦女子を寄ってたかってかどわかした輩が天を騙《かた》るとは片腹痛い。

「なにが天だ。御託はいい。今日おまえたちがかどわかしたルルティナをとっとと返せ」

「は。そうか。きさまエルム族だな。なるほど所詮《しょせん》は獣《けもの》同士のつがいというわけか。あの娘《むすめ》、返して欲しくばハドウィンさまの懐刀《ふところがたな》であるこの流星玉のアルフォンソを見事討ち取ってみせいっ」

「いちいち前口上の長い野郎だな――こっちは気が立ってるんだ。一瞬で決めさせてもらうぞ」

「ほぉ――ざけ！」

アルフォンソは成人男子がひと抱《かか》えもしそうな大鉄球を狭い室内でぶおんぶおんと異様な風切り音を唸らせながら振り回し出した。

「ふふふ。どうだクマ風情《ふぜい》。我《わ》が必殺の流星玉に恐《おそ》れをなしたか？」

俺はやつのセリフには答えず、一気に床《ゆか》を蹴ると距離《きょり》を詰《つ》めた。

この迷いのない突進はやつも予想していなかったのだろうか。

焦りを孕《はら》んだまま鉄球をこちらに向け真っ直ぐ投げつけて来た。

「旦那！」

ヨーゼフの絶叫《ぜっきょう》が響く。

だが俺には確信があった。アルフォンソは俺の急激な突進に充分《じゅうぶん》な回転がかけられず、自然、勢いの弱まった状態で鉄球を打ちだすハメになったのだ。

耐えられる。

いいや、囚《とら》われたルルティナはこれ以上の苦しみに耐えているはずなんだ。

俺は頭部をグッと下方に落とし四つん這いのまま玉のように転がりながら前方に跳んだ。

鉄球が背中の丈夫な部分にガツンと当たって軌道を変える。

痛くないはずがないが、衝撃も重みもすべて想定内だ。

シロクマの厚みと耐久力《たいきゅうりょく》を舐めんじゃねぇやいっ。

跳ね上がった鉄球はアルフォンソの握り締《し》めていた鎖をピンと張らせて、予想通りやつのバランスを崩すことに成功した。

「し――まっ」

いまさら引き戻《もど》し作業を行っても遅いのだ。

勝負の潮合はこの一瞬に集約される。

吠《ほ》えた。

激しく雄《お》たけびを上げながら、やつの馬鹿面《ばかづら》目がけて頭突《ずつ》きを喰らわせた。

シロクマの頭蓋骨《ずがいこつ》は銃の弾丸を弾《はじ》くほどのヒグマ以上の強固さを誇っている。

アルフォンソの顔面は俺の渾身の頭突きを喰《く》らってぐしゃりと潰れ、割れた柘榴《ざくろ》のような朱《あか》を虚空《こくう》に飛散させ消滅した。

「来るな、来るなよぉう」

槍を構えながらガタガタと震えている男に向かって爪を振るった。

ずばびゅっ、と槍の柄《え》ごと男の顔面はなますになって血飛沫《ちしぶき》を上げる。

俺は逃げようとした男の背中に爪を埋没させ、腰のあたりを蹴りつけて腕《うで》を引き抜くと残っていた室内の掃討にかかった。

六人ほどあっという間に打ち倒《たお》すと、施錠してあった扉を蹴り破って中に入る。

そこには一糸纏《まと》わぬ年若い少女を盾にしてブルッている。

だらしなく腹の肉をたるませた五十がらみの男が青くなって震えていた。

「旦那っ。そいつが親玉のハドウィンだ」

ヨーゼフが敵兵の髪《かみ》を掴《つか》んだまま喉を切り裂いていた剣の手を止めて叫《さけ》んだ。

「おまえが城将のハドウィンか」

「ひっ。な、なんなんだおまえらあっ。儂が辺境伯が一子であるハドウィンと知っての狼《ろう》藉《ぜき》かァ？」

「なにがご領主の一子だ。おまえが妾の子だってのはみんな知ってるんだ。おまけにそのことを嵩にかかって自らが贅沢《ぜいたく》三昧するための理由もない徴税に、見栄《みば》えがいいと目をつければ人妻であろうと召し上げ慰みものにし、いらなくなれば奴隷《どれい》商人に売っぱらう！

おまえの死は、この周辺数十カ村の人々の願いなんだよ」

「ひぎいいっ」

ヨーゼフが敵兵の喉を勢いよく掻っ切って凄んだ。

ハドウィンは萎《しな》びた一物からじょろじょろと黄色い小水を垂れ流し、顔中を涙と鼻水でべちゃべちゃにし震え上がった。

「やるっ。お、おおお、おまえエルム族なんだろ！　この娘も、それから金庫の金もぜーんぶやるから。だから、命だけは命だけは助けてくれいっ。儂はまだ、死にとうない。死にとうないのだ……」

「テメェだけやりたい放題やっておいて、いざ自分の番となれば攫《さら》ってきた娘っ子を盾にして命乞いかよ。つくづく救えねぇ野郎だぜ。こんな野郎、旦那が手ェ下すまでもない。俺がカタをつけてやんよ……！」

「待て。それよりもおまえがこの砦の大将なら今日の昼攫った娘をどこに隠しているか知っているはずだ。いえ」

「あ、いう。いういう、いうよっ。あの黒髪《くろかみ》の娘なら地下室に捕らえてあるうっ。へ、へへへ。ちゃ、ちゃんと教えたんだから、命は助けてくれるんだろうな。な？　な？」

素早《すばや》く腕を振るってハドウィンの顔面に切れ目を入れた。バッテン型に波状の爪痕《つめあと》を刻まれたハドウィンは顔面を押《お》さえながら血を噴き出させて激しく苦悶し、あたりをゴロゴロ転がった。そこへ解放された娘たちが手にした椅子でこれでもかというほど殴りつけている。

ほどなくして、ハドウィンは血の混じった小水を垂れ流して動かなくなった。

「旦那。カミさんは地下室だ。急ぎましょうやっ」

「それよりもだ、君たち。ほかに捕らえられている娘はどの部屋にいる？」

「隣《となり》です。お願いです、森の勇者さま。隣には母と姉たちがまだ――！」

俺が知性ある獣だとわかったのか、金髪《きんぱつ》の娘が毛皮にひっしとしがみつき懇願してきた。

「ヨーゼフ。この子と隣にいる娘たちを連れて先に逃げていてくれないか」

「け、けどよう。それじゃ、旦那のほうが――」

「俺ならもうひとりで大丈夫《だいじょうぶ》だ。それよりも、この子たちを放っておけば砦の兵たちになにをされるかわからない。頼《たの》むよ。彼女《かのじょ》たちを守ってやれるのはおまえしかいないんだ」

「ちぇ。そうまでいわれちゃ旦那に無理はいえねぇや。無事にカミさんを助け出せたら例の場所で落ち合おうぜっ。そのときにゃ、みんなで一献《いっけん》傾けようや！」

ああ。そのときを楽しみにしている。

ヨーゼフはきらりと白い歯を光らせながら、俊敏な動きで隣の部屋へ移動していった。

概算であるが、すでに一〇〇人のうち半分くらいは斃《たお》している。

ほとんどが酔いが回っていたせいか、たいして手強《てごわ》いとは感じなかった。

一気に親玉がいる最上階まで到達してしまったが、ルルティナは地下室にいるらしい。

さあ上ったからにゃ、降りねばならない。

おりゃおりゃおりゃとかけ声をかけながら、どすどすと足音を立て駆け下りる。

散発的にまだやる気のある兵隊たちが三々五々集結して立ち向かって来るが、右のフックをかますと鎧ごと弾けて壁《かべ》のシミとなります。

十五人ほど新たに屠《ほふ》ったところで、最下層にたどり着いた。

と、思ったらなにかキナ臭《くさ》い。

おい。もしかして誰かが火を放ったのか?

俺がまだ脱出していないのを知っているヨーゼフが無謀な真似をするわきゃない。

だが、このような混乱でなにが起きても不思議ではない。

嗅覚をフルに活用してルルティナのカケラを探し続け、ついにはそれらしきものをようやく探し当てたときはホッとひと息といったところか。

黴臭《かびくさ》い地下室の前に到達すると、ふたりほどの番兵が怯えきった顔で立ち尽くしていた。

えーい、めんどくさい。こういうやつはガブリで。

俺は交互に男たちの頭をかじると頭蓋を割って絶命させた。

もっとカルシウムとれよ。

扉は生意気にも鉄製だった。

なんでこんな場所に予算かけるのかねぇ。

そう思いながらくたばってまだ痙攣《けいれん》している男のどちらかがカギを持っていないかまさぐる。まさぐるが、なぜか見つからない。

俺は癇癪《かんしゃく》を起して扉にタックルを叩き込むと三発目であっさりと吹っ飛んだ。

「は……」

その光景を目にして頭が真っ白になった。

半裸に剥《む》かれたルルティナ。

幼児が捏《こ》ねたような粘土細工顔の男に胸をまさぐられていた。

全身の体毛がワッと逆立った。

しゅうしゅうと腹の奥《おく》から怒りの炎が呼気となって立ち昇《のぼ》ってゆくのがわかった。

俺は世界に現存する怒りを体現するかのように、激しく咆哮《ほうこう》した。

室内の石壁がびりびりと震えている。俺に睨まれた粘土細工顔は小ウサギのようにぷるぷるると震えながら、手を止め怯えきった瞳《ひとみ》で許しを請うような視線を作った。

「テメー。人生終わったぜ」

粘土細工がルルティナから離《はな》れかけたとき、素早く突進して腕を捩《ね》じり上《あ》げた。

これか。この汚らしい手で俺のルルティナに触《ふ》れたというのか。

ギッと力を込めて絞り上げた。男の右腕《みぎうで》はみちみちと妙《みょう》な音を立てて、まるで雑巾のように捩じり上げられ、やがてぷつりと切れた。

あああっ、と男の口から凄《すさ》まじい絶叫がほとばしった。

黙れ。

おまえは俺のルルティナになにをした。

爪の先を男の口に引っかけて斜《なな》めに振った。

男の唇が綺麗《きれい》に裂けてドッと真っ赤な血が流れ出した。

いけない。そう簡単に壊してたまるか。

もっとだ。

こんなもの、ルルティナが味わった恐怖《きょうふ》のまだ数万分の一程度でしかないんだ。

「おまえには、生まれてきたことを後悔《こうかい》してもらわなきゃいけない」

残った左腕《ひだりうで》を同じようにねじねじして雑巾のように絞《しぼ》り上げた。

予想通りいい音色を聞かせてくれた。

男は絶叫しながら石の床に両膝《りょうひざ》を突き、絞った雑巾のように捻じれた自分の腕を見て激しく叫び続けた。

ざけんな。誰《だれ》が勝手に壊れる許可を出したんだ。

俺は男を壁際《かべぎわ》に蹴り飛ばすと前のめりに倒れ伏す直前を狙《ねら》って、両の爪を胸と腹に幾度《いくど》も打ち込んだ。ひ弱な人間の身体など豆腐《とうふ》とあまり違わない。

ざくざくざくざく、と。

男の腸を細かく刻んで挽き肉にする。

朱色の血が勢いよくほとばしって俺の真っ白な毛皮を濡《ぬ》らした。

恐怖によって男の肛門からひり出された糞便《ふんべん》の激烈《げきれつ》な臭気《しゅうき》で我に返った。

なにをやっているんだ、俺は。

——ああ。なんというか、もう嫌になってきた。

男は息も絶え絶えに惨めったらしい目で許してくれと哀願している。

だがな。

「赦《ゆる》すわきゃねーだろがっ」

ガッと大口を開けて男の頭に牙《きば》を突き立てた。

それは想像していたよりもずっとやわらかくて脆《もろ》かった。

がきがきっと骨が砕け肉が飛び散る感触《かんしょく》を口内で感じ、実に気分が悪くなった。

牙と牙を噛み合わせると男の額から顎のあたりは完全に消失した。

痰《たん》を吐き出すように口中の肉片をベッと吐き出した。

俺は首と両腕を失ったでき損ないの人形もどきを放り捨てると、呻《うめ》き声《ごえ》を上げながら座《すわ》り込んでいる男に目を向けた。

この時点で怒りは相当に淡くなっていたのだが、コイツもどうぜルルティナをいじめていた輩だ。

赦すことはできないので、両拳《りょうこぶし》を握り合わせて頭頂部を垂直に打った。

ぼぐん、と。

鈍い肉を打つ音とともに男の顔面は半分ほど身体に埋没して脳漿を撒き散らした。

「ルルティナ、待ってろ。今、ほどいてやるからっ」

俺は爪を振るって彼女を縛《いまし》めていた鎖をあっさり断ち切ると、手首の部分の枷は噛《か》み切ってやった。

「ああ、こんなに痣《あざ》が……！　ごめんな、ルルティナ。もっと早く助けに来てやれれば」

「……さま」

「ルルティナ？」

「あああーっ。クマキチさまぁーっ！」

ふるふると涙《なみだ》を浮《う》かべたルルティナが胸の中に飛び込んで来た。

もう先ほどまであった胸の中に燃えたぎる怒りは雲散霧消《むしょう》していた。

涙が熱い。パッと見、間一髪というところだったが、天は俺たちに味方したのだ。

今、この瞬間《しゅんかん》、俺はシロクマに生まれ変わったことを感謝していた。

普通の人間に転生していたら、とうていルルティナを助け出すことはできなかったであろうし、その前に俺自身があきらめていただろう。

胸元で泣きじゃくるルルティナの涙の熱さが今はいとおしかった。

「帰ろう。俺たちの家に」

ルルティナは涙を拭おうともせず、安心しきった顔で赤《あか》ん坊《ぼう》に戻ったかのように顔をこすりつけて来た。

砦《とりで》を抜《ぬ》け出したのは間一髪だった。

ルルティナを抱えたまま後方を振り返った。

四階建ての砦が真っ赤な炎《ほのお》に炙《あぶ》られ、ガラガラと崩れ落ちていく。

傲慢《ごうまん》なる悪鬼《あっき》の砦はゴーゴーと唸《うな》り声をあげて天にも届けとばかりに荒れ狂っている。

夜半の風に激しく煽《あお》られ火の粉がパチパチと無数の蛍火のように闇《やみ》の中を舞《ま》っていた。真っ直ぐ森まで続いている砂利《じゃり》道《みち》を歩きながら、周囲の草むらから人の気配を感じた。

周辺の村人たちであろう。

苛政に苦しめられた善良な人々の気持ちは痛いほどわかった。

ハドウィンの代わりにどんな代官がやってきてももう少しマシになるだろう。

だから覚悟を決めた。

ここまでやってのけて、逃げ隠れすることはできない。

ならばこちらは堂々とこのような守備隊長を送った領主の非を鳴らし、たとえ万余の敵を送られようとも真っ向から四つに組んで戦ってやる。

「そこで見ている善良な村人たちよ。領主の兵に訊ねられたらこう答えるがいい。森の守護神がいつでも相手になってやると！」

木々の陰《かげ》に隠《かく》れていた人々がぞろぞろと這い出して来た。

彼《かれ》らは胸を張って歩く俺の姿を見ると、膝《ひざ》を折って地面に額をこすりつけ拝み出した。

ある者は啜《すす》り泣《な》き、ある者は感謝の言葉を述べ、ある者は俺を讃えるような言葉を吐いた。

「クマキチさま……」

気づいていたのか。

俺は胸の中で静かにしていたルルティナが予想以上にしっかりした声を出したことに驚《おどろ》きを隠せなかった。

「覚悟が決まっていなかったのは、私のほうでしたね。安穏と生きられればいいと……そう願うばかりに、ウェアウルフとしての誇りを見失っていたようです。私は、もう逃げたりしません。そのときが至れば、父祖の名に恥じぬよう敵たちと勇敢《ゆうかん》に戦って見せます。だから、だから。どうか——私が逃げ出さないよう、そばで見張っていてくれませんか？」

「ルルティナ。俺はなにがあろうと最後の瞬間まできっといっしょにいるよ」

そうだ。きっとそのために俺は生まれ変わったのだ。

天が、神が、そうだと認めなくても、俺はそのように信じる。

信じることが生きる力なんだ。

俺はあまりに軽すぎるルルティナの身体をしっかり抱《だ》きかかえながら、我が子に対する父のような胸まで焼け焦げそうないとおしさを感じ、緑の濃《こ》い森に分け入っていった。


三日が経過した。

いつもの場所である草地で再会したヨーゼフは、ついていたのかついていなかったのか判断のつきにくい情報を持ってきてくれた。

まず第一に、イノコ砦の大将であるハドウィンはあの大怪我《おおけが》を負いながらも命を永らえたらしい。

彼は、砦が燃え落ちたことを失火と辺境伯《はく》に報告したらしい。これは、蛮族に攻め入られ、あまつさえ一〇〇人近い手勢を持っていながら、首ひとつ取れず敗れ去った恥辱を糊塗するためでもある。

特に一度、虜としたルルティナを奪い返されたという失点が政治的にも大きすぎる。

未《いま》だ、ルルティナの一族にも領主の威光《いこう》を屁とも思わず反抗作戦を続けている勢力は少なからず存在する。

そこで、たとえ噂《うわさ》であってもウェアウルフの祖が眠《ねむ》るといわれる森に「守護神」と呼ばれるような大物が現れたなどとは毛ほども広まってはまずいと危惧しているのだ。

「だがよ、旦那《だんな》。領主の本軍は動かないにせよ、ハドウィンはこのところ手勢を誰彼《だれかれ》構わず掻《か》き集《あつ》めている。もう、すでに元の一〇〇近くは数が戻っているらしい。俺が見るところ、五〇〇かそこいらが集まったら、周囲の山狩《やまが》りをはじめるはずだ。そうなれば、土地の猟師《りょうし》を片っ端から徴集するだろう。金次第《しだい》で旦那が住んでいる場所まで道筋をつける外道な案内人なんていくらだって出てくるはずだ。とてもじゃないが、今までのように数日で村まで出て行ける場所には住み続けられねぇぜ」

「ヨーゼフ。ハドウィンはおおよそどのくらいで募兵を終えて攻め寄せるか見当つくか」

「そうだな。旦那とアマっ子たちが半死半生に手負わせたハドウィンの怪我《けが》の具合によるが、思ったほど重傷《じゅうしょう》じゃないらしい。本人の痛みが治まるまで七日。軍需物資を掻き集めるのに七日。合わせて半月はかかるだろうな。逆にいえば、それだけやつらが周到に準備を整えるとなると、森の奥まで逃《に》げるのにどれだけ距離を引き離せるか」

「ヨーゼフ。俺はやつらから逃げるつもりはないよ」

「旦那……」

「森の後方にあるクドピック山。ここ数日で様子を見てきたが、ロムレス兵たちを迎え撃つにゃ、いい塩梅《あんばい》の場所だ。あすこを半月の間に要塞化すれば、俺ひとりで五、六〇〇の兵を斃す自信はある。あるが――」

「クマキチの旦那。水クセェこといわないでくれよ。アンタがやるなら俺もやるぜ。旦那ほどの豪傑っぷりにゃ及びもつかんが、森や山で戦うならダークエルフの一匹《ぴき》くれぇいたって邪魔《じゃま》にゃなんねーはずだよ」

「おまえなぁ。俺のケツなんか追っかけてたら間違《まちが》いなく真っ先にくたばるぞ。それに、ちゃんとシロマダラを狩《か》って冒険者《ぼうけんしゃ》ギルドに残留できたじゃないか。こいつは元はといえば俺が売った喧嘩《けんか》だ。俺のアホにつきあって命を捨てる必要なんてない」

「だからそれが水クセェってんだっ。命をうんぬんするくれーなら、端へといっしょにカチ込んだりしねえってのっ。俺は旦那の男っぷりに惚れたんだ！　わかってくれよ。男が男に惚れたら、こりゃあもう命を賭けるしかねぇでしょうが！」

ヨーゼフは俺の胸を腹立たしげにどすんと打つと、女と見紛《みまが》うような長いまつ毛をしばたかせて目尻《めじり》に涙を盛り上がらせていた。縁が真っ赤に染まっている。

まあ、再認識《さいにんしき》する必要もなかったのだが、ヨーゼフはこういう男なのだ。

命の恩人と思い込んでいる俺を見捨てることなど絶対にできないと頭から信じ込んでいる。

そしてその妄信のために、純な魂《たましい》を燃やし尽《つ》くしていつでも死ねると言葉だけではなく行動で示そうとしているのだ。

「惚れた惚れたといってくれんなや。気恥ずかしくてたまらない。それに、もし俺がケツを貸せっていったらどうするつもりなんだ」

「へっ。こんなきたねぇケツでよけりゃいつでも貸しやすぜ」

ヨーゼフはニヤリと不敵な笑《え》みを浮かべると、くりるとうしろを向いて、引き締まった自分の尻《しり》を平手でぱんっと威勢よく叩《たた》いた。

「あは。そいつは勘弁《かんべん》だな」

バカなやつだな。俺は涙脆いんだ。

こんなふうに慕われて感情が揺さぶられないはずがない。

「はは、旦那がベソかいてら」

「おまえだって、似たようなツラだぜ」

ヨーゼフはダークエルフという亜人《あじん》であっても所詮は耳がちょっぴり長いだけの人間にしか見えない。

対する毛むくじゃらなこの俺は純度一〇〇パーセントのシロクマ野郎なのだ。

丸くてぽわぽわした耳に真っ黒な瞳と突《つ》き出した口吻《こうふん》。

カッと口を開けばびっくりするほどデカい牙が生えているし、そもそもこの発声器官でどうやって人に通じる音を出しているかもよくわからない珍妙な生き物だ。

そんな俺を信じてくれる。

命を賭けていいといってくれる男が目の前にいる。

感無量だった。

「ヨーゼフ。今からいうものを調達して欲《ほ》しい」

「任せてくれって。俺は商人じゃねぇけどギルドのツテを使ってなんだってそろえてみせるぜ。ドンと来いだ！」

大きく出やがって、コイツ。

俺は興奮のあまりピクピク長耳の先端《せんたん》を揺り動かすヨーゼフを見ながら、再び込み上げてきそうな涙を隠すためあくびを漏《も》らすふりをした。

第十話 討伐隊

鬱蒼《うっそう》たる晩秋の森の夜だ。攻め来る敵影を描《えが》き続ける俺の心情を思いやってか、うるさいくらいに鳴いていた梟《ふくろう》たちも今夜はやけに静かに感じた。

俺はパチパチとやわらかな火を発している囲炉裏を前にして、纏わりついて離れようともしない三つ子を抱きかかえながら、リリティナが夕餉《ゆうげ》を料理する光景を眺《なが》めていた。

「ごめんね、リリティナ。迷惑《めいわく》かけちゃって。明日からまた頑張るから」

「あのですね姉さん。少しは私たちに任せてくださいよ。料理に関しては私もアルも母さまにキチンと習っているんですからね」

「ん。姉さんは、アルたちにまかせて休むがいい」

「あ？　ちょ、ちょっとアル？　そんなに押さないでって。私は別に病気とかじゃないんだからぁ」

「ねぇさまはやすむ」

「やすむのー」

「あたしもおかたづけするよ？」

妹たちに寄ってたかって毛布にぐるぐる巻きにされ、ルルティナは困ったように苦笑した。

忌み嫌《いや》う人間たちに囚われ、かなりの精神的苦痛を負ったはずである。

まだ三日しか経《た》っていないのだが、ルルティナは気丈にも泣き叫んで飛びついて来る妹たちを抱きしめながらいつもと変わらない平然とした態度を取り続けていた。

ルルティナの中には、父母から託《たく》された妹たちを守り抜かなければならないという強い使命感が根底にあるのだ。

助け出されたときこそ、赤ちゃん返りしたかのようにやたらと触れ合うスキンシップを求めて来たのであったが森に戻ってすぐ、ルルティナは姉としての仮面をかぶらざるを得なかった。

「どう、したの。クマキチさま？」

「や。なんでもないよ。腹減ったかなー。なんて」

アルティナがまん丸な瞳で俺の隣にちょこんと座り、ジッと見上げて来る。

この子は意外に直感力が高いのだ。

気をつけて余計なことを態度に出さぬようにせねばな。

「あ、すみませんクマキチさま。私としたことが、気づかずに。すぐに、これ揚げてしまいますからね」

リリティナは袖口《そで》を押さえると、天井から吊った鉄鍋《なべ》にドサドサ入れた猪《いのしし》の脂身《あぶらみ》をおたまでかき回し出した。

本日のメニューは疲《つか》れたルルティナや俺に精がつくようにと、フライオンリーである。具材はもちろん、夕刻取れた猪のいいところである。これを食べやすい大きさにぶつ切りし、小麦粉、鶏卵《けいらん》、焼き立てのパンで作ったパン粉をつけてカラッとあげるのだ。

「ふわぁ。いいにおいがするぅ」

ラナが目をうっとり細めて身体を乗り出してちっちゃな小鼻をヒクヒクさせていた。

「さ。今日は私がどんどん揚げちゃいますから。クマキチさまもみんなもどんどん召し上がってくださいね」

リリティナはたっぷりした黄金色の髪をタオルで姉さんかぶりにして、揚げ役に徹してくれるらしい。

あげものはあげたてが一番美味しくて至高なのはシロクマの世界ではあたりまえ。

カラッとあげたロース肉のいいところに、塩をパラリと振《ふ》って口の中に放り込む。

「うっ、うまっ――！」

脳天が痺《しび》れるほどの強烈《きょうれつ》な旨《うま》みが身体中《からだじゅう》を走り、目の前が軽く眩んだ。

噛めば噛むほどジューシーな旨みが、カリッとした衣のサクサクが舌の上を踊って、口腔を肉汁《にくじゅう》の海が浸してゆく。

とろとろとした脂身を噛み締め、舌の上で転がすと目の前がチカチカした。

「おいしーっ」

「おいちいよっ」

「それララのだよっ」

「……ケンカしちゃだめ」

「とかなんとかいって、この子たちの分を取らないの。アル」

三つ子たちの唐揚げの奪い合いを高みから仲裁するふりをしてさっとかすめ取るアルティナを窘《たしな》めるリリティナ。こつんと額を打つ真似《まね》をするとアルティナが無表情で舌を出した。おどけているのかな、これは?

「あはっ。でも、リリティナ。これホントにおいしいわ。さ、クマキチさまもどんどん召し上がってくださいね」

ルルティィナが毛布にくるまったまま顔だけ出していった。

ちょっと色物キャラみたいだ。

「おう。いわれなくてもドンドン食べまくってるよ。誰よりも食わなきゃこの身体は維持できんからな。目指せ一〇万キロカロリーだ」

「カロリーってなんですか？」

キョトンとした無垢《むく》なる顔でリリティナが聞いて来る。無論デブのもとだ。

まったく肉の旨みとは骨つきの部分がナンバーワンですなぁ。

ちょっと目を離すと三つ子たちは四《よ》つん這《ば》いになって骨を噛み合い奪い合いをはじめている。ふーっと唸ってしっぽを逆立てているのはマジでわんこみたいで、おもろかわいい。

なんやかやと騒《さわ》ぎつつ、割り当て分の肉を消費したところで宴《うたげ》は終了した。

合間合間に山菜や生野菜サラダなどを食べたりしたので胃のムカつきはないだろう。

なんやかやといっても食べられる野草がふんだんにあるのはうれしいところだ。

食事のあとは小枝の先端をほぐしたふさようじで歯を綺麗にする。

ウェアウルフ族は歯が命。

彼女たちはちょっと神経質なくらい、毎食毎食歯をたっぷり時間をかけて丁寧《ていねい》に磨く。

本質的に歯を大事にすることが身体に必要だとわかっているらしい。

俺も彼女たちに教えられた殺菌性のある枝でふさようじという歯ブラシを作って牙を磨くようになった。

なぜなら野生動物であるクマも普通《ふつう》に虫歯になるからね。虫歯の苦しみは嫌だよ、絶対。

「クマキチさまー。ラロがみがいてあげるのー」

うん。とりあえず君が親切でいってくれているのはわかるが、そのよだれべったりのふさようじを口の中に突っ込もうとするのはやめようか。

そういうマニアックな趣味はないんだ。

いや。クマキチさんは自分の牙は自分で磨けるからね。

そんなお母さんが子供の世話を焼くようなプレイは必要ないからね。

と、いっているのにラロはとてとてと歩み寄りながら、ニッと笑ってよだれがべったりまぶされたふさようじを頑なまでに俺の口中に突き入れようとするのだ。誰か助けて。

「う？　クマキチさまぁ。おくちあけてね」

「え、ああ。そのぉ、あのぉ」

「こら、ラロ。クマキチさまが困っていらっしゃるでしょ。あなたはまずちゃんと自分の歯磨きをしっかりなさいなっ」

ルルティナが俺をかばってラロを叱りつける。ラロはふふんと不敵な笑みを浮かべると、俺の胸の中にぽすんと顔を半分埋《うず》めていった。

「ねぇさま。ラロにしっとしてるでしょ。クマキチさまはラロとけっこんするのよ」

「なーーッ！」

「ばかなことをっ」

「するわけない」

ルルティィナが絶句し、同時にリリティィナとアルティィナが強固にラロの言を否定した。

え、えーと。なんだ、この状況《じょうきょう》は。

「とにかくクマキチさまのお牙はラロのものなのっ。はい、あーん」

ぬちゃぬちゃぬちゃに唾液がまぶされた幼女のふさようじを突き出されて困惑《こんわく》……。

虫歯とかはキスで移るというが、この場合抵抗《ていこう》力のない幼女はどうなんだろうか。

「はいっ」

「もぐっ」

とかなんとかゴチャゴチャ考えているうちに、口腔にふさようじが突っ込まれた。

うう。べちゃべちゃして気持ち悪いよう。

「クマキチさま。きもちいいですかー」

そういえばハンドラーが警察犬の牙を磨いているのをテレビで見たな。

犬の歯も放っておけば普通に黄ばむので歯磨きは大事。

「いーってして。いーって」

はい。いわれるがままに従っていると、ルルティナたちが無言で俺たちのやりとりを凝視《ぎょうし》して来る。針のムシロってやつだ。このことわざをついに使うときがくるとは人生ってやつはわからないもんだなぁ。

「変態」

誰だよ、今ぼそっとつぶやいたのはっ。

俺《おれ》は変態でも幼女趣味でもないんですからね。

歯磨きを終えたあと、俺はログキャビンを出ると夜風にあたっていた。

常人には厳しい寒気だろうがシロクマである俺にとっては心地《ここち》よい清々《すがすが》しさである。

「クマキチさま、そこにおられるのですか」

衣擦れの音が鳴ってルルティナが山スカートの裾《すそ》をバタバタいわせながら駆《か》け寄《よ》って来る。

「どうしたんだよ、そんなに慌てて」

「だってクマキチさま。ずっと心ここにあらずでしたから」

ルルティナは腰《こし》まである長い髪を弄《もてあそ》びながら不安そうな瞳をしていた。

「見抜かれてたか」

「クマキチさま。自分でお思いになっているより、ずっとわかりやすいですよ。考えてること、全部お顔に出ちゃいますから」

「そっか」

「ニンゲンたちが森に来るんですね」

あきらめと悲しみが入り混じった口調だった。すべてを覆い隠したまま無理強情に森の奥に逃れろといっても彼女たちは聞きはしないだろう。

当初は彼女たちに黙《だま》ってこちらから森を下り、敵に逆撃をかけようかと思っていたくらいだ。

この戦い、勝利にはどれほどの出血を両者に求めるのであろうか。別段殺し合いが好きなわけじゃない。戦わなければ守れないものがあるまでだ。

「ほら、また黙って考え込んでいらっしゃいます。ねぇ、クマキチさま。ずっとお聞きしたいことがあったのです。あなたはどうして私たちにここまでしてくださるのですか」

「それは――」

なぜだろう？　改めて問われても解など出るはずもない。

最初は完全に成り行きだったといい切れる。悪い人間に追われて苦しむ彼女たちの窮状を見かねて手を差し伸べずにはいられなかった。

それがいつしかいっしょにいることがあたりまえのように思えて、なし崩し的に行動を、生活をともにするようになった。

いや、違《ちが》うのだ。結局のところそれはタダのいいわけに過ぎない。

俺はシロクマとして生まれ変わり、ただひとり森で過ごすことがたまらなくさびしかったのだ。

だから恩着せがましく獲物《えもの》を取ってみせ、アウトドアや狩猟《しゅりょう》の知識をひけらかし、彼女たちに必要とされる存在であろうと自らを誇示し続けた。

俺はひとりでは人間性を保てない。ルルティナたちが俺のことを見て、ひとりの男として扱ってくれることで、森の獣《けもの》ではなく理性を持った久間田熊吉《くまだくまきち》であると自覚し続けられることを望んだのだ。

ルルティナは深い湖底にも似た澄み切った瞳で答えを待っている。

「俺には君たちが必要だった。ただ、それだけなんだ」

「だったら、私たちは、もう家族ですね」

ふわりとした重みが胸にのしかかってきた。ぎい、と背後の扉が開く音がした。ランタンを手にしたリリティナをはじめとする全員が思いつめた表情で寄って来て、腰のあたりにしがみついて来た。

「逃げろなんていわないでください。私たちも戦います。黙っていてすみません。クマキチさまがお出かけしたあと、みんなで話し合ったんですよ。私たちはヴァリアントの森に住まう誇り高きベルベーラ族。最後のひとりになるまで、ロムレスの豚どもには降伏などいたしません。いくさに敗れた父や母。奴隷として売られていった姉や、為《な》す術《すべ》もなく散っていった一族のために戦わせてください。この父祖伝来の魂が眠る土地を死に場所と決めたのです」

ルルティナの瞳。不退転の決意が宿っていた。

「クマキチさま。姉さんのいうとおりです。微力《びりょく》ながら私もお手伝いします」

「ん。みんなで戦う。きっと負けない」

リリティナが片目をつむりながら弓を弾《はじ》く真似をすれば、アルティナが両拳を握《にぎ》って天に突き上げている。

「まけないよー」

「たたかうもんっ」

「がんばるよっ」

ララ、ラナ、ラロの三つ子たちも鼻息荒《あら》くしっぽを千切れんばかりに左右に振っていた。

ヨーゼフのやつにデカい口を叩きながら、実は臆病風《おくびょうかぜ》に吹かれていたのかもしれないな。

けど、こんなすごいやつらがそばにいてくれるなら、俺は誰にも負けたりはしない。

「クマキチさま。元気、出ましたか?」

俺はルルティナの黒真珠《しんじゅ》のような瞳を真《ま》っ直《す》ぐ見つめ返し、涙をこぼさぬようにするのが精一杯《せいいっぱい》だった。

「ああ。百万の兵を味方にした気分だ」


次の朝から作業に取りかかった。俺たちに残された時間はそれほど多いとはいえない。

人手も潤沢《じゅんたく》とはいえない数だが、ヨーゼフが搬入してきてくれた物資が昼頃《ごろ》に到着《とうちゃく》したのは大きかった。

彼には主に街へ下りてもらいハドウィン軍の動きを探《さぐ》ってもらうことにした。

あのときシロマダラから救った冒険者たちも、戦闘《せんとう》に耐《た》えうるまでに回復はしていなかったが、斥候《せっこう》としてできる限り情報を集めてくれると快諾してくれた。

俺たちは孤軍《こぐん》ではない。

そう思えるだけで、防備を固める腕《うで》に力が無限かと思うほど湧いてくるのだ。

ヴァリアントの森を前衛に、後方にそびえ立つクドピック山を後衛として思いつく限りの要塞化を図った。

戦国武将の武田信玄《たけだしんげん》にたとえるなら、俺たちが日頃《ひごろ》日常的に生活する森を躑躅ヶ崎館《つつじがさきやかた》とすればクドピック山は要害山城《ようがいさんじょう》だ。ヨーゼフの話から類推し、自ら登ってみたところ二〇〇〇メートルはない標高の山だが、ほとんど人の手が入っておらず難所であるところが気に入った。

そして運命のときは来た。

森と山の要塞化をはじめてから数えてちょうど十八日めにハドウィン率いる「魔獣討伐《まじゅうとうばつ》隊」なる五四〇の兵が森の入り口に姿を見せたのだ。

ヨーゼフの調査によれば辺境守備隊の編成は五日も前に終わっていたのだが、ハドウィンの傷が熱を持っていっときは討伐自体中止になりかけたらしかった。そのまま死んでくれれば世話はないのにと思うよ。

「で、旦那のカミさんたちはどうだい?」

「山に籠《こも》ってもらってる。あそこまでひきつけてからが勝負だ」

「へぇー。ま、このいくさが無事に終わったら自慢のカミさんにぜひ会わせてもらいたいもんだ。結局なんやかやといろいろあって顔を拝んでなかったしな」

「ああ。髪《かみ》も目も美しい黒さ。びっくりするぞ」

「あ、あはは。ま、エルム族のよさはわからないけど、旦那が嫁にするほどならよっぽど毛並みがいい女性に違いないだろうしな！」

思うにヨーゼフはなにかルルティナのことを勘違《かんちが》いしているらしい。けど、今はそんな無駄《むだ》話をしている暇《ひま》もない。俺は地べたに木の枝で配置図を書くと、ヨーゼフと最後の打ち合わせに入った。

「とにかくヨーゼフに頼《たの》みたいのは、やつらの鼻面《はなづら》を思う存分に引っ張り回すことだ。土地の猟師が数人ついているという話だけど、まずそいつらを最初に仕留めておきたい。道に不案内で夜になるまでが最初の山場だと思う」

「ああ。ハドウィンのやつ、なにを恐《おそ》れているか知らないが、とにかく旦那の首を討って砦を燃やした失敗を帳消しにしたいらしい」

「ホントにあいつらはこの森に火を使わないのだろうか」

「そのあたりは心配ないさ。なんせ、この森と山は王領や他都市の貴族領が入り交じっていて下手に火を使えばハドウィンの親玉のコールドリッジ伯爵ですら首が飛びかねない複雑な土地なんだ。やつらは、兵を五つに分けて徐々に包囲網を狭めようとする作戦を取っているみたいだ」

なるほどな。

ただの猛獣《もうじゅうが》狩りならそれで間違いないだろうが、俺はタダのシロクマじゃない。人の知恵《ちえ》を持ったシロクマなんだぜ。伝説の傭兵ではないが、この森で好き勝手はさせやしないぞ。

俺はヨーゼフを後方の樹上に隠すと、ひとり鼻孔《びこう》を蠢《うごめ》かせながら意気揚々と蛮声を上げて近づく一隊に向かった。

この森はご存知の通り人の通わぬ魔境《まきょう》のようなものだ。杣人《そまびと》が使う道が終われば、一列しか通れない場所が幾《いく》つもある。

俺はまず手はじめとして、周囲を警戒《けいかい》しながら先頭を歩く弓を持った道案内の猟師に襲《おそ》いかかった。

通常のヒグマならば咆哮《ほうこう》を上げて飛びかかるのだろうが、俺はできうる限り物音を消して忍び寄ると、横合いから不意を衝《つ》いて襲いかかった。

「ひ――――?」

飛び出した白い巨体《きょたい》に硬直《こうちょく》したのだろうか。猟師の驚愕《きょうがく》した顔へと情け容赦《ようしゃ》なく牙を突き立てた。

ばしゃっと赤い血が飛び散って、たちまち隊は怒声と絶叫《ぜっきょう》で埋め尽くされた。

当初の予想通り、一〇〇程度でまとまっているらしい。

ひとりが仲間を呼び寄せる合図の角笛を吹き鳴らそうとしたとき、樹上で狙いをつけていたヨーゼフが見事なまでの素早《すばや》さで射殺した。

「て、敵襲《てきしゅう》だ！　隣《となり》の隊に、連絡をはや――」

男がいい終わるまでに次の矢が首を刺《さ》し貫いた。俺はこの数秒間に前進を続けて、一五人ほどを片づけた。

まったくもって人間の身体というものは脆い。俺が生まれつき備えている爪《つめ》の一振りでチャチな革鎧《かわよろい》ごと切り裂《さ》かれ吹っ飛んでゆく。

また、一列になっているのが格好の的だった。槍《やり》を向けて立ち向かおうとする者もいないではないが、相互の連携をとれないまま首を献上しているに過ぎない。

首筋に爪を刺す。やわな頭を兜《かぶと》ごと噛み切る。肩《かた》で吹っ飛《ふと》ばして木に叩きつける。紙切れのように胴を断《た》ち割《わ》って腸を引っ張り出し、蹴り飛ばし、引っこ抜き、無人の野をゆくがごとく突進《とっしん》する。

思うさま三〇人ほど片づけたところで、開けた場所に出た。どうやら隣隊から増援を呼んだようで、しゃがんだまま弓を構えている射手が一列に勢ぞろいしていた。

いつの間にか仲間を呼びやがって、このっ。

「放て――！」

いて。あいちちち。いていて。

こうまでひゅんひゅんひゅん矢が飛んでくると、さすがの俺も退《ひ》かざるを得ない。

俺の毛皮は特別製であるが目にでも入ったら潰れないとはいい切れないのだ。

「魔獣が逃げたぞっ。第一部隊、第二部隊。槍、出せっ」

このキンキン声は指揮官かな。ちきしょう、調子に乗りやがって。

俺はほうほうのていで逃げるふりをして、敵軍をある地点にまで引き寄せた。

三人ほどが並んで駆けられるやや広めの道に出た。

気づかれないように横の茂《しげ》みへ入っては道に戻《もど》り、道を走っては繁《しげ》みに戻ったりして怯えて混乱しているふりをアピールした。

「見よ、あのケダモノを。我らが軍威に恐れ入って惑乱しておるわ！」

バカなやつだ。おまえらを釣るためにスピードをゆるめていたのがわからないのか。

茂みをずーっと突っ切って、部隊からかなり離《はな》れた場所で道に戻ってやった。

ロムレス兵は五〇人近い槍兵を前に出して、そのうしろを騎馬《きば》で督戦しながら押《お》し出して来た。

破滅はあっという間だった。

たっぷりと時間をかけて堀に掘《ほ》った落とし穴に、槍兵が残らず落下したのだ。五メートル近く掘ったのでまず簡単には這い上がれない。

おまけに穴の底には毒を縫《ぬ》った逆茂木《さかもぎ》を無数に立てている。阿鼻叫喚《あびきょうかん》の地獄が穴の底で繰り広げられた。怒号《どごう》と絶叫がうずまく中、勢いのついた騎馬兵が二〇人ほどまとめて落下してゆく。

「こ、こらっ。押すな！　お、落ちる——ッ」

勢いがついた馬は止まることができないのだ。騎兵に随伴していた歩兵も一〇人近くまとめて落下してゆく。

俺はこの隙《すき》を衝いて敵兵の後方に回ると、まだ残っている三〇人近い兵に向かって電車道を敢行した。

かなり上級の指揮官が何人かいたのだろうか。歩兵たちがまとまって守ろうとするが、クマキチさまの前では屁《へ》でもない。

身体を丸めて突っ込めば、力士数人分の体重と筋肉量のあるシロクマの勢いを止めることはできるはずもない。

一番偉そうな三十そこそこの騎士《きし》を兜ごと引っぱたいて頭を胴体《どうたい》に埋め込んでやった。

指揮官らしい騎士はガクッと膝を折って前のめりに倒《たお》れ込んだ。

「あひ、あひ、あひぃ」

従騎士らしい二十代前半の男は妙《みょう》な言葉を発しながら剣《けん》を無茶苦茶《むちゃくちゃ》に振り回している。

危ないからそういうやつはポンだ。

俺は爪を振るって男の顔面へと斜《なな》めに切り目を入れてやった。

落ちていた槍を拾って抵抗を続ける兵隊の頭に叩きつける。

柄《え》の途中《とちゅう》が折れて穂先《ほさき》が明後日《あさって》の方向へと勢いよく飛んでいった。

第一部隊、第二部隊をほどよく撃破したのち、俺たちはわざと退却した。

実際問題動き続けて身体の筋肉がふやけた綿みたくふにゃふにゃになっていたのだ。

木々を駆け抜けながら、時折振り返って反転し、追いすがる数人を撃殺してまた逃げる。

これを繰《く》り返《かえ》していくうちに、日が落ちていった。

ぜいぜいと息を切らして座《すわ》り込んでいると、ヨーゼフが桶に水を汲《く》んで戻って来た。

受け取ったまま数リットルはある小川の水を喉《のど》を鳴らして嚥下《えんか》した。

ふう。生き返った。

「旦那、いいペースだな。やつらかなり参ってやがる」

「けどさすがにロムレス兵も夜は行軍を止めたらしいな」

「ハドウィンがかなり報奨金《ほうしょうきん》を吊り上げたらしい。旦那の首には五〇万ポンドルの懸賞金《けんしょうきん》をつけたらしいぜ」

「そいつは大人気だな」

こうして俺が休んでいる間にもヨーゼフは概算で敵の死者数を計測してくれたらしい。

今回は完全に戦闘のサポートへと回ってもらっているが、彼は本来こういったことのほうが向いているのかもしれない。

「格好ばかりは立派だがハドウィンの兵のほとんどは出自もよくわからない傭兵《ようへい》やゴロツキばかりだ。あれは、本来のロムレス兵の強さとは違うぜ」

「そいつはラッキーだったな」

それが証拠《しょうこ》にハドウィンの軍は遺棄死体や怪我人をほとんど収容せず野晒《のざら》しにしているらしい。ヨーゼフが数えたところ、討ち取った数は少なくとも一六〇〇を超《こ》えている。

だが、今日のような戦いぶりは明日以降は続けられないだろう。

兵たちは包囲網を敷くのを諦め、ひと塊《かたまり》になったらしい。

三〇〇を超《こ》える軍隊に単騎《たんき》で乗り込むのはさすがに自殺行為《こうい》だ。

「疲れてるところあまりいい知らせじゃないんだが、ハドウィンのやつ魔術師で一個小隊を編成したらしい。コイツはさすがに旦那も手を焼くかもしれない」

魔術師。これまたファンタスティックな名称が飛び出したもんだ。

いくら俺のフィジカルが化け物でもわけのわからん術を使われたらあっさりやられるか

もしれないぞ……。

「え？　いや、たぶん旦那が予想しているほど高位の術者ではないみたいだ。そんな高名な魔術師がこの辺境にいるはずもないしな。ただ、やつらは見たところ水属性の術を使うらしい。俺の経験からいえば魔術師は遠距離《えんきょり》戦を得意としている。囲まれたりすれば、やばいかもな」

「具体的には？」

「やつらは水を矢にして撃《う》ち出したり、術をかけて敵を凍結させたりする。とにかく的を絞らせないよう細かく動くことを念頭に入れて戦わないと」

ふむふむ。ま、知っているのと知らないのではまったくもって心構えが違うだろう。

「あ、それともうひとつ。ハドウィン自身はどってことのない男だが、ひとり凄《すご》い男を助っ人に雇ったたって聞いたんだ」

なんぞや、そいつは？

「コールドリッジ辺境伯《はく》第一の名将にヴェルトリンって大将がいてな。なんでも、そこで突撃《とつげき》隊長を務めていたギヨームって豪傑が今回に限ってハドウィンを助けているらしい。ギヨームはロムレス西方でも名の知られた騎士だが粗暴につき上官を半殺しにして隊を出されたらしい。指揮能力は今ひとつらしいが、虎を素手で縊《くび》り殺《ころ》したことがあるほどの豪傑なんだ。なんでもほとんど身体的形質は現れていないが、いくらかはライオスの血が混じってるらしい。旦那でもひと筋縄《すじなわ》じゃいかねぇと思う」

ふうむ。ヨーゼフがそこまでいうのであれば、ギヨームという騎士は今回で一番気をつけなければならない男みたいだな。

「ところでライオスってなに？」

「ああ。旦那は知らないかもな。ライオスは獅子を祖とする亜人の一族で、顔はまんま獅子なんだが膂力《りょりょく》はオークとタメを張るほど強い。主に南の平野部に多くいる部族で寒さにはあまり強くないってのを聞いたかな」

俺は頭の中でライオンちゃんの顔を持つ、幼児アニメに出てきそうな半人半獣を思い浮《う》かべた。難しいな。実際に見たらシュールどころではなく、普通に怖《こわ》いかもしれんが。

にしてもヨーゼフは博識だな。

俺の知らないことドンドン教えてくれるから心強いぞ。

そう思って「君は賢い」と告げると、ヨーゼフは真っ赤になって否定した。

「は！　あはは、違う。違うって。俺なんてぜんぜん物知らずだし。ただの聞きかじりだからそんなに褒めなさんなって。ったく旦那《だんな》といると調子が狂いやすいぜ！」

ま、男同士であまりイチャイチャするのは気持ちが悪いのでほどほどにしておこう。

敵とはかなり離れた位置にいるが、念のために火を使わないで取れる夕食にした。

燻製《くんせい》の猪肉と今朝ルルティナに焼いてもらったパンだ。

これにチーズを挟んで食べると実に美味だ。

「旦那のカミさん料理うめーな。この燻製肉、味が深いわ」

いや、それは俺が作った燻製なんだけどね。

ヨーゼフはもっちゃもっちゃ口を動かしながらご満悦のご様子。ときどき、カミさんの手でパン捏《こ》ねるのって難しくね？　とか、やっぱ子供たちも旦那似なのか？　と勘違いした質問をしてきたのであえて放置した。

ふふ。あとでルルティナたちに会わせるのがちょっと楽しみになってきたな。

「んじゃあ、本日の後半戦スタートゆきますかァ」

俺は手のひらをぺろぺろぺろりと舐《な》めると、巨体を揺すって歩き出した。

ヨーゼフが無言で続く。

ほどなくして、ロムレス兵たちの野営地にたどり着いた。

やつら、赤々と火を焚いてしきりに周囲の警戒を行っている。

昼間の敗戦がよほど手痛かったのか、兵たちに弛緩した様子は微塵《みじん》もない。

彼《かれ》らも本音では森から出た場所で野営したいのであろうが、メンツや経費の問題もあって早々にしっぽを丸めて逃《に》げ出すことはできないのだろう。

俺は意地悪そうににひと笑うと手にした銅鑼《どら》を力いっぱい桴《ばち》で打った。

「て、敵襲────ッ！　起きろおおっ。敵襲だああっ」

よほど昼間で懲《こ》りたのか、音のする俺たちの方向には容易に飛び込んで来ない。

陣営《じんえい》は途端《とたん》に蜂の巣を突いたような騒ぎになったが、数十が密集隊形を取るとかがり火の前で身を寄せ合って亀のように首を引っ込めているだけだ。

なんどか繰り返してやると、とうとう業を煮《に》やしたのか、幾つかの塊が団子となって深い木々の中へと押し入って来る。

俺は手にした銅鑼をヨーゼフに手渡すと口元に微笑を張りつかせたまま、ゆっくりと繋みを大股で進み、網の中に飛び込む雑魚《ざこ》たちの運命を思った。

エピローグ

森の守護神

歓声《かんせい》を上げながら闇《やみ》の中を幾つもの光点が追随する。

こちらが攻撃《こうげき》に出ないことで怯えて逃げたとでも思い込んだのか、追い足は速かった。

元々夜目が利《き》くこの身体。周囲でまぶしいくらいに光っている松明《たいまつ》があれば尚更だ。

クマは決して鈍重な生き物ではない。

その証拠に誰《だれ》にも俺にはついて来られないではないか。

木々の感覚が狭まって地面が見づらくなった地点で敵は担《かつ》いでいた岩を投げはじめた。

なるほど。さすがに二《に》の舞《まい》は演じないぞというわけか。

どすどすと重たげな岩が土を打つ音を聞き、ようやく安心したのか一隊がさらに俺を追う。

地は崩《くず》れないにしても、異変が起こったのはそのときだった。

数十の兵たちの喚《わめ》き声《ごえ》や怒声があたりに反響し、怯えの臭気《しゅうき》が濃《こ》く広がった。

「罠《わな》だッ」

気づくのが遅すぎる。不用意に足下《あしもと》ばかりを気にしていたロムレス兵たちは、枝から無数に垂れ下がった釣《つ》り針《ばり》に引っかかったのだ。

ほぐしたテグスに針を仕掛《しか》けて先端《せんたん》に即効性の毒を塗《ぬ》った。

トリカブトの根を乾燥《かんそう》させて塗布《とふ》した極《きわ》めつけのものだ。

衣服や顔や露出していた二の腕などに尖《とが》って湾曲《わんきょく》した針が突《つ》き刺さり阿鼻叫喚の絵図が再現された。

こうなればロムレス兵たちは蜘蛛《くも》の巣にかかった憐《あわ》れな羽虫のようなもの。

待ってましたとばかりに樹上にいたヨーゼフが弓を腕も千切れんばかりに乱射した。

マリアナの七面鳥撃ちってやつだ。

兵たちは、毒にあるいは解き放たれた矢によってバタバタと面白《おもしろ》いように倒れてゆく。

ここで、二、三〇は兵を討ち取ったが敵の指揮官は深入りをさけて隊を後退させた。

こちらもおろかにつけ入って攻撃などしない。

その代わり、野営地付近の森を飛び回って断続的に銅鑼を打ち鳴らした。

これはヨーゼフと交代で休み、代わる代わる朝まで行った。

敵はそのたびに慌てて飛び起きて来るが、こちらは陣を構えて防備を厚くした陣営に飛び込んでいくほど頭を熱くしていない。

神経戦を終えたのち、俺たちは朝もやとともに背後にそびえるクドピック山に退去した。

かくして激戦の二日目がはじまった。

朗報は続く。

ハドウィン率いるロムレス討伐《とうばつ》隊は、烏合《うごう》の衆の悲しさか夜明けとともに一〇〇人近くが陣を抜《ぬ》け脱走したらしい。

「へ。ハドウィンの野郎《やろう》。ゆでだこみたいに真っ赤な顔で怒鳴り散らしてやがったぜ」

寄せ集めの雑兵がほとんどだ。劣勢になればある程度見切りをつけて数は減るだろうと思っていたが、効果が一日にして現れるとは――。

けれど、重要な情報を仕入れてきてくれたにしては、ヨーゼフの顔色は悪かった。

パッと見てもわかるとおり左腕《ひだりうで》をかばうようにしている。

「ちょっと待った旦那。こんなもんはほんのかすり傷だよ。どってことねぇ。どってことねぇから」

うるさい。相棒のおまえがそんなんじゃ、こっちも気になって敵殲滅《せんめつ》に全力を尽くせないじゃんか。無理やりぐいと腕を引っ張るとヨーゼフは切なそうに整った顔を歪ませた。

「なんだよ、これ。普通に大怪我《おおけが》じゃないか。いつこんな傷を」

「ワリ……自分でいっといてアレなんだが、今朝の偵察で魔術師小隊ってのに、さ。あ、でもこのくれーどってことないぜ。右手さえあれば、剣は使える」

ヨーゼフは青い顔で腰からナイフを引き出すと構えて見せたが、痛みをこらえるのが精一杯という感じだった。

なにか鋭利な刃物《はもの》で切り刻まれたかのように、ヨーゼフの左腕はズタズタに肉が抉《えぐ》れており、ところどころ青黒く染まっていた。

「ヨーゼフ。今すぐ山を下りて治療《ちりょう》を受けるんだ。この腕じゃ、どうしたって戦うことはできない」

「だけど……！」

俺たちは三〇分ほど押し問答をしていたが、もはや気力で身体を支えられる程度の痛みではないのか「うっ」と呻くと左腕を押さえて脂汗《あぶらあせ》を垂れ流している。

「ヨーゼフ。俺はおまえを邪魔者《じゃま》扱いしてるわけじゃない。敵はあと二〇〇もいない。知ってるだろ、俺がイノコ砦《とりで》を無傷で落としたことを。それにクドピック山は森以上に防備を固めてあるし、罠の数もケタ違いだ。今のおまえは、ハッキリいってロムレスの正規兵が数千で攻めてきても持ちこたえる自信はある。俺たちが勝ち終わってからのことを考えて行動してほしいんだ。もし、ハドウィンの兵を打ち滅ぼしても、第二第三の敵軍がやって来ることは充分《じゅうぶん》考えられる。そのときに物資調達を頼んで、またいっしょに戦ってくれるのはおまえしかいないんだよ」

「旦那ァ、俺ぁ今日ほどテメーがついてねぇことを後悔《こうかい》した日はねぇや」

「逆に考えて、このくらいの怪我ですんだと思えばいい。怪我を治し生き延びてさ。また俺を助けてくれよ」

ヨーゼフにとっては苦渋の決断だったろう。もし俺が逆の立場で先に落ち延びろといわれれば、左腕を噛《か》み切っても戦場に残るといい張る自信があった。

さあ、山に戻ってヨーゼフの仇《かたき》を討ってやるとするか!

俺は意欲を新たにして、ルルティナたちが待つ山の中腹へと向かった。


「クマキチさま。ご無事でございますかっ」

ルルティナたちは斜面《しゃめん》に掘った隠《かく》れ家《が》からワッと飛び出すと首っ玉にむしゃぶりついて来た。

俺は彼女《かのじょ》たちをひとりずつ抱《だ》き上げて頬《ほお》ずりをすると、ささやかな久闊《きゅうかつ》を叙した。

「俺は無事だよ。ただヨーゼフのやつが戦線離脱した」

「確か、ともに戦ってくれているクマキチさまの朋友《ほうゆう》の方でございますね」

リリティナが整った眉《まゆ》をひそめて、長く細い人差し指を唇《くちびる》にあてていた。

「命にかかわる怪我じゃないが、これ以上の継続は無理だと判断して下がってもらった」

「ならば、ここからは私たちウェアウルフが血を流して戦ってくれた同胞《どうほう》のために命を賭けねばなりません」

ルルティナたちの戦意は怯《ひる》むどころか燃え盛る炎《ほのお》のように身体から立ち昇《のぼ》っていた。

「ああ、だが必ず俺たちは勝つ。その道筋はキチンとつけてある。誰ひとり欠けることなく、ロムレス兵たちをこの森から追い出してやろうじゃないか。俺たちみんなの力で」

拳《こぶし》を握り締《し》めて傍《かたわ》らの大樹を強く打った。

どだん、と大砲を撃ち込んだような腹の底に響《ひび》く音が鳴って枝がしなりわさわさとカエデの葉が落ちてあたりが真っ赤に染まった。

戦いはこれより最終局面に突入する。

俺はルルティナたちに命じて当初の作戦通りの位置に布陣させると、及び腰の敵を釣るために真っ向から挑発にかかった。

相当数の被害が出ている部隊はこちらの姿が見えても容易に攻めようとはせず細かく索敵を行うという常識的な結論にようやく達したようだった。

クドピック山は裾が広く初手から急登ではない。

網を絞《しぼ》るようにジリジリと追いつめられれば仕掛けた罠が無駄になる確率が高い。

あくまで敵には冷静さを失ってもらわなければならない。

俺は一旦《いったん》頭の中のスイッチを切って野獣の精神だけを剥《む》き出《だ》しにすると、相手の兵数など関係ないという猪突猛進《ちょとつもうしん》さで強襲を開始した。

二〇〇を超える兵たちが開けた場所で展開し、槍衾《やりぶすま》を作って待ちかまえ、射手が弓を引き絞るど真ん中に突っ込むのは蛮勇だけでは片づけられない。極めつけの狂気《きょうき》が必要だ。

損害を考えずに跳んだ。

身体中《からだじゅう》へと敵の放った矢が驟雨《しゅうう》のように降りかかる。

吠えながら右に左に細かく跳《は》ねる。

的を絞らせないようにして強襲をかけた。

——そして激烈《げきれつ》な戦闘がはじまった。

鼻を突き合わせるような接近戦になればこちらとて細かいことは考えられなくなる。

突き出される槍の穂先を噛み折って両腕《りょううで》の爪を立ててあたるをさいわいに薙ぎ倒す。

俺の毛皮はどうも特別製のようで簡単に刃《やいば》を通さないが、これだけ近距離で打ち合えば手負わないはずもない。

一〇、二〇、三〇とロムレス兵を打ち倒してゆくにつれ、白い体毛は水をかぶったように朱《あか》で染まっていった。

決して敵だけの血ではない。あちこちを切り裂かれさすがの俺も息切れがしてくる。

やばいと思ったのは黒いローブを纏った集団が杖を掲げてごにょごにょと不思議な呪文を唱えだしたときだ。

本能的に近くで争っていた敵兵を盾にした。

肉を穿《うが》つ鈍《にぶ》い音が鳴って兵たちの鎧を貫き氷柱が胸に突き立った。

そうか、これがヨーゼフがいっていた魔術か！

掛け値なしの危険域に埋没したことを知った俺《おれ》は奥歯《おくば》をがちりと噛み込みながら、ここを先途と思い降り来る氷の刃をものともせずまっしぐらに魔術師たちへと突っ込んだ。

顔や額を飛び来る氷の弾丸《だんがん》がかすめて飛んでゆくが構うものか。

今、もっとも危険なやつらをすぐさまこの戦場から排除する——！

ぐわん、と目がくらむような一撃《いちげき》が額に入った。

氷の矢が必中の狙《ねら》いを定めてひょうと撃ち込まれたのだ。

だが、クマの頭蓋骨《ずがいこつ》の堅牢《けんろう》さを舐めている。銃弾ですら弾《はじ》き返す石頭だ。

「角度が悪かったな」

俺は身を躍《おど》らせて魔術師の小隊に飛びかかると振《ふ》り上げた右腕《みぎうで》の爪を縦横無尽《じゅうおうむじん》に走らせた。

スイカが地に落ちたような音を立て魔術師たちの首がどっどっと草地を転がった。

俺は逃げようと腰を抜かして後退りする魔術師の顔面を覆面ごと噛み千切った。

一番の脅威《きょうい》を取り除いたことで心に余裕《よゆう》が生まれたが、その間にも敵兵はひしひしと俺の周囲を取り囲んでいた。遠巻きにしてしつこいくらいに矢を射かけてくる。

頃合いだな。

実際問題体力は疲弊しつつあった。このままでは遠からず無敵の俺も動けなくなってしまう。そのときに網でもかけられればお陀仏だ。

体力が残っているうちに次の段階へと進むべし。

俺はわざとらしく「がうっ」と吠《ほ》えると、元来た山道に向かってそれらしく見えるよう遁走《とんそう》をはじめた。

後退はないと。向かってくると思い込んでいた魔獣が喧嘩《けんか》に負けた犬のようにしっぽを巻いて逃げてゆくのだ。心情として兵たちは追わざるを得ない。

ほどほどに傷つけられ弱ったふりをしたのが効いているのか、敵は歓声を上げながら幻想の勝利を目前として追撃《ついげき》をかけて来た。

「見よ。あのケダモノは息も絶え絶えだ。討ち取ってなめして敷物にしてやれ」

白い兜がよく目立つ指揮官がサーベルを振り上げて、兵たちを鼓舞《こぶ》した。

ほうほうのていで逃げるふりをすればするほど嵩《かさ》にかかって追いすがる。
いいぞ、もっとだ。
もっと追いかけて来い。
そこがおまえたちの死に場所になる。
このときほどシロクマに生まれ変わってよかったと思ったことはないね。
なにせ、敵の返り血をたっぷり浴びた俺は死にかけたケダモノにしか見えないだろう。
チラチラと振り返りながら敵がついて来るのを確認《かくにん》する。
それが一際気弱げに映ったのだろうか、敵の追い足はいっそう速まった。
いくさとは指揮官の優劣によって決定するのがよくわかった。
兵たちも整然と隊伍《たいご》を組んで追撃しているわけではない。
今までの借りを返そうと遮二無二《しゃにむに》駆《か》けて我先にと団子状態だ。
やがて斜面は両手を使ってへばりつかなければ登れないキツさに差しかかった。
こういうときは四足ほど安定していて登りやすいものはないね。
振り返る。
ほどよく獲物が釣れたのを見計らって、ハイマツの繁みに飛び込んだ。
直線状にいた獲物が不意に横合いへと逃げたのだ。

後方から動揺《どうよう》の声が予想通り上がった。

同時に急坂の終わり部分が奇妙なまでに盛り上がった。

板塀《いたべい》に乗せて土をかけ偽装させた丸太のツルをルティナたちが指示どおり切って落としたのだ。

ごろんごろんと。

瀑布《ばくふ》のような勢いで無数の丸太が急坂をすべり落ちてゆく。

団子状態であちこちに固まっている敵兵はいかなる回避行動も取ることができない。
七、八〇名近くが転がり落ちた丸太の餌食《えじき》となった。
さあ、ここからが本番だ。

俺は頭から落ちるようにして逆落としを行った。

クマの身体は柔軟で崖から落ちても怪我をしないようにできている。

半トン近い巨体が右往左往している集団へと突っ込むのだ。

再び血飛沫《ちしぶき》があちこちで舞い上がり、怒声や悲鳴や喚き声が山野に満ちた。

俺は喉元《のどもと》から怒《いか》りの声をほとばしらせながら落ちていた丸太を抱《かか》えて、メチャクチャにそれこそ狙いもつけず力の限り振り回した。重さも太さもバケモノ染みた武器だ。人間たちの持っている数打ちの剣は丸太が触《ふ》れるたびに吹っ飛び、あるいは折れて涼《すず》やかな音を立て飛んでゆく。

呼吸が苦しい。

全身の節々に鉛が詰《つ》まったように重たい。

今すぐにでも座り込んでしまいたい強烈《きょうれつ》な欲求が込み上げて来る。

だがやらなければならない。

吠えながら目の前の男の頭部を引っぱたいた。

「があっ」

兜ごと前頭部が潰れてぺしゃんこになる。

腰《こし》のあたりを蹴りつけると、そのうしろで茫然《ぼうぜん》としていた男たちを巻き込んで将棋倒しになった。

ルルティナたちが弓矢を乱射しながら坂を駆け下りて来た。

有利な場所を保持して身を守りつつ最大限に能力を発揮している。ウェアウルフの娘《むすめ》たちはいずれも目がいい。弓の名手である。

リリティナも普段《ふだん》のおっとりとした態度とは似ても似つかぬ決死の形相で矢をつがえていた。

アルティナは三つ子に指示をしながら、投石具で石打ちを続けていた。

勝負は徐々にであるが終極点に向かいつつある。

決定的な、なにかが欲《ほ》しい――。


願いをかなえるがごとく、その男はやってきた。

肥馬に跨りながらゆっくりと近づいて来る。

今まで戦ってきたロムレス兵とは段違いに身体も肉も存在そのものも大きかった。

あきらかに二メートルは超えている巨躯《きょく》だ。

「ギヨームだ」

「鬼の突撃隊長……！」

争っていた兵たちが武器を止めてゆっくり近づくギヨームに見入っている。

兜も鎧も手にした大薙刀《おおなぎなた》の柄も黒一色で染め抜いてあった。

目庇《まびさし》から覗くふたつの瞳《ひとみ》がギラギラと赤く輝《かがや》いている。

目が合った瞬間《しゅんかん》に、俺たちは求めていた相手にようやく出会ったかのように、ゆったりとした動きで向き直った。

「おまえが森の魔獣か。私はロムレスの騎士ギヨーム。人々に仇《あだ》なす害獣《がいじゅう》を討ち果たすべく大命を受けてやってきた。潔く降参すれば苦しめず一太刀で息の根を止めてやろう」

「あいにくと、この首はそう易々と渡《わた》せないんだ。おまえを倒してこのバカ騒《さわ》ぎに終止符を打ってやる」

ギヨームは俺の言葉を受けると、ふっと目を細めた。

望んでいるのは死力を尽《つ》くした一騎討ちしかないと互《たが》いにわかりきっている。

兵たちが俺とギヨームを囲むようにぐるりと散開した。

ふっふっと呼吸が短く荒《あら》くなってゆくのがわかった。

コイツは今まで戦ってきたやつらとはケタが違う。

あの六本脚《あし》のクロクマよりも、確実に強い――。

ギヨームは無言のまま肥馬を走らせて突っかかって来た。

びかり、と大薙刀が稲妻のようにほとばしって打ち下ろされた。

素早く横っ飛びでさけるが同時にギヨームの馬が前蹴りを放ってきた。

左肩《ひだりかた》をガツンと蹴り上げられ、呼吸が一瞬《いっしゅん》止まった。

転がりながら片足を突き体勢を立て直していると再び大薙刀が旋風のように唸《うな》りながら頭上を襲って来た――！

左腕を持ち上げ刃を真っ向から受け止めた。

切断されはしなかったにせよ、強烈無比な一撃だ。

ギヨームの動揺がわずかに瞳へと現れた。

まず邪魔な馬を倒す。

俺はギヨームの左側に出ると無防備な馬の腹に左の爪を全力で叩《たた》き込んだ。

馬は竿立《さおだ》ちになっていななくとギヨームを振り落とした。

俺の一撃が馬の横っ腹を大きく抉《えぐ》ったのだ。

血飛沫が虚空《こくう》に舞《ま》って馬の巨体がどうと地に倒れ込んだ。

ギヨームは身体の大きさに似合わず優雅に着地すると飛び上がって大薙刀を横合いからすべらせてきた。

軌道を読まなくても首を刎《は》ね飛《と》ばそうとしているのは明白だ。

腕を上げてガードする暇《ひま》もない。

俺はガッと大口を開けて白々と光る刃を咥え込む。

「なっ――――!」

ギヨームが両眼を見開きながら驚嘆の声を上げた。

俺は大薙刀の刃を牙《きば》で喰い止めると右手を伸ばして柄をがっしりと握り込んだ。

ガチンと硬質な音を立てて刃を噛み割った。

同時に地を蹴《け》って飛翔《ひしょう》すると無防備なギヨームの胸へと拳を叩き込んだ。

鎧の胴はべこりと見事に凹んだ。

ギヨームは後方に吹っ飛びながら刃の折れた大薙刀を手放し、すぐさま腰の長剣を引き抜いた。

「驚《おど》いたな。タダの畜生ではない。名を聞かせてもらおうか、森の武人よ」

「久間田熊吉《くまだくまきち》だ」

「クマダクマキチよ。貴様の名を必ずや墓碑に刻むことを誓おうぞ」

ギヨームは錆びた声でそういうと、なにがおかしいのかくつくつと楽しそうに笑った。

それからべこんと凹んだ鎧を脱ぐと上着を破り取って、白い歯を見せた。

「こんなものを着ていると動きが鈍って仕方がない」

堂々とした体躯だった。鍛えに鍛え抜いた上半身はパンパンに膨れ上がった肉の鎧で覆われていた。これならば、鉄の防御自体が邪魔だと感じるのもうなずける。

もっともこちらは武器も防具もすべて天然の自前であるが。

「なにをやっているんだギヨーム。貴様を大枚はたいて雇ったのは、畜生風情《ふぜい》と馴《な》れ合わせるためではないぞ！」

どこかで聞いた覚えのある声。ハドウィンだ。彼は離れた場所で屈強な戦士に身を守らせぐるぐる巻きの包帯の下から神経質な声で喚いていた。

「と、上からの命令だ。そろそろ決着をつけさせてもらうぞ」
「まったく同意だな」
ギヨームが長剣を正眼に構えた。
刃が毛皮を通さずとも、あれほど威力《いりょく》のある鉄棒を頭に喰らえば昏倒《こんとう》するだろう。
いや、鉢が割られるのもあたりまえの破壊力《はかいりょく》だ。
潮合が極まった。
だん、と地を蹴ってギヨームが大上段から剣を打ち下ろして来た。
俺は両腕を頭上でクロスさせると真っ向から勝負に出た。
やつの剣速と破壊力が勝《まさ》るか。
それとも俺の頑丈《がんじょう》さが上なのか。
決着だ——————!
鈍い輝きを帯びながら刃が凄《すさ》まじい速度で振り下ろされた。
気合と根性とそれ以上のなにかで受けた。
両腕が消失したんじゃないかという衝撃《しょうげき》で目の前が真っ白になった。
ごぎ、と硬《かた》いものが鳴る嫌《いや》な音が耳の奥《おく》で鋭《するど》く走った。
両腕の骨が粉砕されたのだ。

ギヨームの顔が勝利を手に入れた歓喜《かんき》で満ちた。

が、俺はそのまま折れた両腕をカチ上げて長剣を見事に弾き返したのだ。

馬鹿《ばか》な、という言葉がその顔にありありと描かれていた。

ちょうど万歳《ばんざい》をする格好になったギヨームの喉首へと左右の爪《つめ》を打ち下ろした。

骨は粉々に砕け腕はねじ曲がっている。

それでも気迫《きはく》があらゆる世界の理《ことわり》に勝ったのだ。

刃よりも硬く強靭《きょうじん》な爪がギヨームの喉を交差して駆け違い通り抜けた。

ギヨームの顔に信じられないという表情が浮かんだ。

パッと朱線がやつの喉笛へとバツ印に走った。

一拍遅《おく》れて血飛沫がパッと激しく噴き出し乾いた地面を鋭く叩いた。

「さすがだ森の守護神よ。おまえの――勝ちだ」

ぐらりと前のめりに崩れながらギヨームが満足そうに笑った。

やつが手にしていた重たげな長剣は地面に投げ出され永遠に横たわった。

一瞬、深い静寂《せいじゃく》がその場に訪れ、それからロムレス兵たちは泣き叫《さけ》びながら我先にと逃げ出していった。

幾人かの指揮官たちが遁走しようとする兵たちを止めようとするが、命懸けで逃げようとするものたちが聞き入れるはずもない。

やがては巨大《きょだい》な波に呑《の》まれていくかのように、残っていた数百人は潮が引くようにドッと一斉《いっせい》に崩れて潰走《かいそう》状態に陥《おちい》った。

俺はバラバラに砕けた両腕を下げながら、右往左往する騎士たちの真ん中で凍りついているハドウィンへと歩み寄っていった。

周囲には逃げる兵に踏み潰された少数の騎士たちが何人も横たわっている。

ハドウィンは茫然としながらその場にぺたんと座り込むと、嗚咽《おえつ》を漏《も》らしながら涙《なみだ》を流して命乞いの言葉を唱えていた。

完全にすくみあがっている。俺は最後の力を振り絞ってハドウィンの頭に喰《く》らいついた。がりっと鈍い音がして血の味が口中に広がってゆく。

「マジィな」

ぶっと肉片を吐《は》き出すと、顔の半分をなくしたハドウィンが細かく震えながら後方へとひっくり返って絶息した。

肩《かた》を上下させて荒く息を吐き出していると、静寂が再び戻《もど》り、ルルティナたちが転ぶようにして坂を下り寄って来た。

「クマキチさま……ああ、こんな。ひどい」

「たいしたことはないって……」

嘘《うそ》だ。

相当にキているがここで泣き叫ぶのはあまりにも情けなさ過ぎる。

リリティナとアルティナは折れて垂れ下がった両腕を見ながら、もう泣いていた。

三つ子たちもほぼ同時にわんわんと喚き出す。

どっしとあぐらをかいて深く息を吐き出す。

涙で顔をぐしゃぐしゃにしたルルティナが泣き笑いの表情で俺の投げ出した両脚《りょうあし》をさすっていた。

勝ち残った。

この先のことはわからないが、ただやり抜いたという充実感だけが胸をゆっくりと浸《ひた》し、俺はようやく口元をゆるめた。


腕の添え木は半月ほどで取れた。まったく野生の回復力とは信じられないほど強力だ。

それともシロクマ化した俺は特別な生物とでもいうのだろうか。

「旦那。久方ぶりだな。腕のほうはもういいのかい」

「ああ。思ったほど長引かなかったよ。自分でも思うのだが丈夫《じょうぶ》な身体でよかった」

「はは。なんだい、そりゃ」

いつもの草地で会ったヨーゼフは手土産《てみやげ》の焼き菓子をいっぱい詰めた袋《ふくろ》を俺に押《お》しつけるとさも楽しそうに笑った。

戦いは名うての騎士《きし》であるギヨームと総大将であるハドウィンを討ったことによって、一応は終止符を打った。

もっともこちらも堂々とロムレスの兵を撃退したのだ。これからは、よりいっそう格上の軍隊を辺境伯が送って来るかと思って待ち構えていたが、俺たちを救ったのはまるで予期していなかった王都で起きた政変だった。

なんでも、王位継承《けいしょう》権を巡ってこの国の王族同士が争いをはじめたのだそうな。

コールドリッジ辺境伯も緊急召集を受けて兵のほとんどを連れて旅立った。

よって、元々あってなかったような国境守備隊自体が周囲の村々の人々にゆだねられることとなり、事実上ヴァリアントの森における戦いは「白の守護神」である俺側の圧倒的《あっとうてき》勝利で幕を閉じたのだった。

「にしてもクマキチの旦那の名はここいらあたりじゃ知らぬ者はいないほど広がってるぜ。森には白い守護神がいるってね」

噂《うわさ》は尾《お》ひれがつくものだと知ってはいたが、このわずかな間にヴァリアントには悪い人間を懲《こ》らしめる白い神がいるなどという戯言《ぎげん》が広がってしまったのだ。

おかげで森の入り口にはよくわからない謎《なぞ》の祠《ほこら》が建立《こんりゅう》され、供え物が後を絶たない。

とはいっても、ほとんど付近で取れる農作物なので、ときどき様子を見にきて回収しているので大変助かってはいるのだが。

ヨーゼフがいうにはハドウィンはよほどあたりの村人をイジメにイジメ抜いていたらしく、森では白き守護神の怒りに触れて命を落としたということになっていた。

ただ、ハドウィンの守備隊が撤退《てったい》したことで、森にはあちこちから逃げ出して来た無法者たちが逃げ込もうと多数やって来るようになった。

そういった人々を丁重にお断りするのは中々骨が折れる。いいことばかりは続かないが、とりあえずは一安心して冬支度《ふゆじたく》に備えられるってもんだね。

「にしても、ようやく旦那の家族にご対面かァ。自慢のカミさんに会えるのが待ち遠しいぜ」

俺たちは森の小道を歩きながらログキャビンに向かっていた。

ようやくヨーゼフとの約束を果たすことができる日がやってきた。

今日は俺の腕の全快記念も兼《か》ねているので、ささやかながら宴を開こうと思い友人であり今回の戦いで多大に尽力してくれたヨーゼフを招いたのだ。

いわゆるホームパーティーってやつだね。

本来なら、ヨーゼフのギルド仲間も招待したかったのだが、まだルルティナたちの人間嫌《ぎら》いは払拭《ふっしょく》されていないので今回は遠慮してもらった。そこいらあたりのことは時間をかけてゆっくりと彼女たちのトラウマを癒そうかと考えている最中なのだ。

「旦那の家族ってどんなんだろうかなぁ。旦那と同じくもふもふなのかなぁ」

ひとついっておくと、ヨーゼフの誤解はあえて解かなかった。

だって、コイツこともあろうにルルティナたちを俺と同じくモフモフした生き物だと思っている節があるんだもん。

あ、もんとかいっちゃった。

今日の俺マジキメェな……ま、いっか！　今日は特別な日だもんね。

サクサクとリズムよく緑を縫《ぬ》って歩く。

森を移動するのは楽しい。

丸一日身体を動かさないと気持ち悪いのは人間のときと同じだ。

思えば、休みの日は必ず山歩きをしていたのは、俺が本質的にコンクリートなんかより土と緑を愛していたからだろう。

「お。なんか見えてきたぞ。旦那の家ってあれか？」

まあ、そうだな。

今はゴチャゴチャ考えるのはよそう。

ルルティナたちを、この森の平穏《へいおん》をどうにか守れた。

今はそれだけで満足するべきじゃないのか。

なだらかな傾斜《けいしゃ》の道を歩いてゆく。ヨーゼフがログキャビンの前に立っているルルティナたちを見ながら、阿呆《あほ》みたいな顔をしていた。

やったね。

凄まじくまばたきをしながら、さっきまでの威勢《いせい》はどこへやら。

ボーっとした顔でその場から歩き出そうとしない。

うん、わかる。わかるよ。

俺の自慢のオオカミちゃんたちだ。

かわいい上にとっても強くて信頼《しんらい》できる——家族さ。

「おかえりなさいっ。クマキチさま」

俺は駆け寄るルルティナたちに手を振りながら立ちすくむヨーゼフを小脇《こわき》に抱え、勢いよく坂を駆け上がっていった。

＋EP 「ルルティナ」

戦いに幕が下りた瞬間、私は足場の悪い坂を転ぶように駆け出していた。

思えば私と彼が出会えたのは貴い奇跡だった。ニンゲンたちになにもかもを奪われてしまったことを憐《あわ》れんで、神さまが私たちに彼をお遣わしになってくだすったのだ。

クドピック山に砦《とりで》を築いて姉妹で籠り攻め来るニンゲンたちの兵を迎え撃つと決めたときから十中八九死を覚悟していた。

一族を挙げて滅びる寸前まで戦った経験から知っている。ロムレスの兵は数が多く剽悍《ひょうかん》で勢いに乗ったときはなによりも手ごわい。

いかにクマキチさまが雄々しく強かろうとも、あれほど多数の兵を迎えては勝利はおぼつかないだろうと、半ば諦念《ていねん》に囚われていた。

いざというときは妹たちを自ら刺し殺し辱めだけは受けないようにと震える手で刃を研いでおいた。

リリティナとアルティナはともかく、分別のまだつかない下の三つ子たちを自らの手で殺《あや》めなければと思うと頭の中が空っぽになってしまったように、酷《ひど》く虚しかった。

けれど勝った。

誰がなんといおうとクマキチさまは勝ったのだ。

ギヨームと名乗る敵の大将はクマキチさまのお身体に負けず劣らず大きく、遠くから見ても巨大な壁が現れたかのように見えた。

神はやはりおられたのだ。

巨人のような敵将もクマキチさまの前ではほかのニンゲンと同じだった。

両者が固くぶつかり合い、敵の大将がその場に頽《くずお》れたとき私は神に感謝せずにはいられなかった。

敵影はすべて森から消え去り私たちに安息の日々が訪れた。

そして、白き守り神は今、こうして私の目の前にいる。

クマキチさまは激戦の末両腕の骨を綺麗に折られてしまい傷を癒すため家の中で長々と横になる日々を過ごしていた。

「はは、迷惑をかけて申し訳ないね」

「そんなっ……！　クマキチさまは私たちのために命を懸けて戦ってくれたのですから。お世話をするのはあたりまえのことです。あまり悲しいことを仰らないでくださいませ」

奥ゆかしく勤勉な彼は日がな一日ゴロゴロとしていることに苦痛を感じているのか、寝床で横になられているときも、チラチラと家事に勤《いそ》しむ私たちを見やって居心地が悪そうにしていた。

私はそれが酷く他人行儀に思えて、クマキチさまがそう仰るたびに胸が痛むのだ。

この材木で作った小屋も、ふんだんな食料も、村から伝手《つて》を通じて手に入れた生活用品も、すべてすべてクマキチさまのお力あってこそ。

彼はどこからともなく森から現れて、その日の食べるものにも困る私たちを大きくて力強い手で包み込むように守ってくれた。

それはちっぽけな言葉で表すことのできない神からの福音のようなものだ。

「お怪我、痛みますよね。できることなら私が代わってあげたいのですよ」

「う、うーん。それはねぇ」

クマキチさまの両腕は添え木で固定されたまま包帯でぐるぐる巻きになっている。

骨折の箇所を不用意に触れることはできない。

私は横になっている彼のおそばに侍《はべ》ると、ふさふさしてやわらかな純白の毛皮に顔を埋《うず》めて、匂いを思いきり吸い込んだ。

ふかふか、ふわーん。

ああ、いい匂いです。

お日さまに包まれたような独特のこの匂いを嗅いでいると、自然と胸がドキドキしてしっぽが無意識にぴこぴこと左右に振れてしまうのは妹たちには見せられない。

けど、今は家の中でクマキチさまとふたりっきりだから問題ないですよね！

と、誰にいいわけをしているのでしょうか。

――思えば私の今までの人生はロマンスの少ないものでした。

一族が崩壊したときはまだそれほど年頃ではなく、思いを寄せる男性もいなかったのですが、ここに至って理想の殿方と巡り合えるなんて果報者過ぎる。

雪のように真っ白で手触りがよい毛皮に、分厚くて大きな手のひら。

ああ、クマキチさまのお手で耳をちょこちょこされたら悶絶《もんぜつ》しちゃいますよ、ホント。

それにどっしりとした男らしい胸板に巌《いわお》のような泰然として頼もしい肩や背中なんかもルルティナ的にはポイントが高いです。

スッと通った鼻筋に、キラキラとしたつぶらな瞳がアンバランスで素敵。

見つめられるだけで頭がジーンときてクラクラしちゃいます。

エルム族の殿方って元々ポイント高いんですが、私的にはクマキチさまの全身から漂う高貴さと同時に備わった威厳がたまらなく好ましいのです。

あと、話していて言葉のそこかしこに教養が滲《にじ》み出ているところも素敵ですよね。男らしさと知性を兼ね備えている方ってまずおりませんし。

ウェアウルフでも腕自慢の方は大抵おつむのほうが残念な方ばかりが多かったので新鮮です。

「あ、あのさルルティィナ。さっきっからなんか黙り込んじゃってるんだけど。俺、なんかしたっけか？」

は。いけないいけない。私としたことが不覚ですね。

ついついクマキチさまのもふもふ毛皮ゾーンに引き込まれて我を見失ってしまいました。

こんなことでは「怪我した気になるあの人を看護して仲を深めちゃいましょう作戦」が失敗に終わってしまいます。

こうしてふたりっきりで過ごすのも妹たちがいないときだけですし、貴重な時間を有効活用しないとならない。

あの子たちってばことあるごとに私のクマキチさまと過剰なくらいにコミュニケーションをとって、もうっ、もうっ……！

とにかく私のような引っ込み思案の娘はついつい後手後手に回ってしまいますから、こういう状況は天が与えてくれたものと思ってですね……。

「ええと、ルルティィナ。ルルティィナ？　大丈夫か、マジで」

「え、あ、あははは！っ。平気ですよ、ぜんぜん平気です。とにかくですね、クマキチさまはなさりたいことがありましたならば、私にドンドンお申しつけくださいっ。どのような要求であっても身命を賭《と》して尽くす所存でありますゆえっ」

さっと胸元に手をやって目をうるうるさせるとクマキチさまは恥ずかしがって目を逸《そ》らします。かわいいんだから、もう。

「えーと。とりあえず、今はそんなに差し迫った要件てのはないかなぁ。あはは」

クマキチさまはむっくりと上半身を起こすと困ったように笑った。

ああ、そのはにかむような表情がとてもたまらないです。

私は扉のほうをチラリと見てまだ妹たちが他業から戻らないことを確認するとクマキチさまのお腹《なか》にしがみつきました。むふう。たまらぬ。

「わ、なんだ、なんだぁ？」

「なんでもありませんよ」

「え、えぇぇと」

「私がこうしたかったからです。ダメですか……？」

ちょっと悲しげな感じの声で上目遣いをすると、クマキチさまは「う」と呻《うめ》きながら視線をそっと外した。

うふふ、どうですか。これでも私、村では若い殿方に人気があったほうなのですよ。

そりゃ、上の姉さまやリリティナには負けますが、二目と見れないほどの不細工ではないつもりですので。どうですか、どうですか？　父や母に感謝ですね。

「あら？」

と思っていると、クマキチさまは身体を揺すって立ち上がろうとしていた。

私はクマキチさまに横からしがみついた状態でぶらーんとなった。

名残惜しいが渋々離れる。

「あの、なにかお気に障《さわ》りましたでしょうか？」

「いや、あのさ。ちょっとトイレ行きたくなっただけだから、ね」

——トイレ！

「お手伝いさせてくださいましっ」

「いや、ちょっと待ってよ。無理だってってっ」

そうですよね。クマキチさまだっておトイレくらいいたしますよね。

あうう。考えれば、チョコチョコ席を外しておられたのは、そういった事情で。

私としたことが！

こんな重要な案件に気づかなかったなんて……。

となればこれは、どう考えても私がお手伝いをしなければならないじゃないですか。

さいわい――ではなく、ここには私以外にお手伝いできるものがおりませんし。

ちなみに今までひとりでできたんだから平気だろうという意見などは大正義の名のもとに黙殺です。いぇい。

ああ、なんだかドキドキしてきちゃいました。

クマキチさまは両腕を動かせませんから。

わ、わわわ、私が、クマキチさまの、あああ、アレを支えて、そのおトイレの介助をですね。

「いや、ひとりでできるから、さ」

のっそりと立ち上がった彼は大きなお身体に似合わぬ素早さで戸口までしゅぱっと移動してしまいました。

むう。お手伝いしたいのになぁ。

よし。ここはひとつ食い下がらないと。

はしたないけど、すべてはクマキチさまのためですもんねっ。

ルルティナ、がんばりますっ。

「ダメですよクマキチさま！　もしものことがあったらどうなさるおつもりなのですかっ」

クワッと目を見開いて扉とクマキチさまの隙間にすべり込み、退路を断とうと画策いたしましたが、野性の勘でしょうか。クマキチさまはぴとっと扉に背を張りつかせて私を入れないようにしています。むう……ずるいですよ。

「いや、もしものことってなにさ」

「もしもですよ。草むらにこわーい蛇さんがおりまして、クマキチさまの大事な部分を狙ってがぶーっと来たら大変じゃありませんかっ。私、恥ずかしいけど、この際だから恥とかそういったものをかなぐり捨ててですね」

ああ、なんてことでしょうか。クマキチさまは私がいないばっかりに、大事なところをガブリとやられてしまうのです。

いや、こんなことを想像してはいけませんのですが、クマキチさまの大事なアレってどうなっているのでしょうか……？　疑問は尽きませんね。

「は！」

気づけば扉は大きく開きクマキチさまが風のように駆け去ってゆく背が見えた。

今から追って行っても私の脚では追いつけそうもありません。

まったく、意地張っちゃって。

でも、そういう頑固なところも嫌いではありませんよ。

自然に頬がほころぶのを止められず私が春の日差しのような笑顔で外を眺めていると、罠《わな》の確認から戻った妹たちが一列に並んで足を止めていた。

「どうしたんですか、姉さん」

木の実を籠いっぱいに詰めたリリティナがびっくりした顔で私を見ている。

ううん、いいのいいの。気にしないで気にしないで。

「なんか気持ち悪い」

すれ違いざまにアルティナがため息。

よし、ちょっと待ちなさい。

あなたはお姉ちゃんと少しお話をする必要があるみたいね。

「わ、わ！　姉さん、こんなところで喧嘩《けんか》しないでったらっ」

リリティナがあわわわと泡を食って止めに入りますが私も群れの秩序を維持するために、こういった場合は心ならずも腕にものをいわせるときがあるのですよ。

我らがウェアウルフは古来武を尊び、誇りのためなら死を厭《いと》わず戦ってきた一族なのです。

要約すると売られた喧嘩はいつでも買う。

近頃はそういった余裕もなかったのであまりしませんでしたが、姉妹喧嘩など昔はよくやったものだ。

ララ、ラナ、ラロたちはしょっちゅう唸《うな》りながら三つ巴で団子になって噛み合ってますが、特に止めたりしません。

力関係は常にハッキリさせておかないといけないのですよ。

少なくとも私は姉さまにそう教わりましたし。

「アルティナっ。あなたがいけないのよ、姉さんにそんな口の利き方をするから」

「私は思ったことをそのまま口にしただけ。すごく正直で自分でもそれが気に入っている」

「なにをいってるの、あなたは……？」

リリティナが止めに入ったにもかかわらず姉に対する悪口雑言。

これはもう、お仕置きをたっぷりするしかないみたいですねぇ。


「ちょっと待った。この短時間にいったいぜんたいなにがあったっていうんだ」

ご不浄からお戻りになられたクマキチさまが部屋の真ん中でボロボロになった私とアルティナをギョッとしたご様子でしげしげと眺めている。

うふふ。心配なさらずとも。

ええ、これらはなんの問題もございませんから。

「ご心配はご無用に。あなたのルルティナはきちんと勝って一族の秩序を維持しておりますから」

「いやいやいやいや、わけがわからないから」

ま、私も年甲斐もなく本気になり過ぎた気もしないでもないですが。

部屋は暴風雨が荒れ狂ったように家具や所帯道具があっちゃこっちゃに吹き飛んでいた。

三つ子たちはリリティナにしがみつきわんわん泣いている。

近頃は、取っ組み合いの姉妹喧嘩なんてリリティナともそうそうしませんでしたからショックだったのかなぁ。お姉ちゃんだって怒ると怖いんですよ。がおうっ。

「なーにが秩序ですか。六つも下の妹をイジメてえばらないでくださいよ、もおっ」

リリティナは顔中をひっかき傷だらけにしたアルティナに軟膏を塗りながら、はぁーっと呆れ果てたように長いため息を吐《つ》いた。

むう。そのいい方じゃ私が一方的に悪いみたいにクマキチさまに取られてしまうじゃない。

「な、なんだ。兄弟喧嘩ならぬ姉妹喧嘩か。そりゃ、いくら仲よくったって姉と妹で喧嘩くらいするよなぁ。別段不思議じゃない、うん」

ああーん。そういうんじゃないんですよ。だいたい、最初に喧嘩を吹っかけてきたのは私じゃなくてアルのほうなんですから。なんか、私のこと気が短い女って誤解してません？

「誤解もなにも。姉さんの気が短いのは周知の事実じゃないのよ、まったく」

はぁ？　ちょっとリリティナ。

いったい私のどーこーがっ、気が短いっていうのですか！

ちゃんと納得できるように説明してごらんなさいよっ！

立ち上がって、両手を身体の正面で開き怒鳴ったところで我に返る。

うぐ……ずるいじゃないっ、こういうのはっ。

「ねぇさまおこってるー」

「たんきだー」

「たんきー」

ララ、ラナ、ラロがユニゾンでこの慈母たる姉の私を強烈にディスってきた。

ああ、ううう。やめようね。

クマキチさまの前でそういう私の立つ瀬がないようなことをいうのは。

ギロッと睨みつけると三つ子たちはあたかも袞竜《こんりょう》の袖にすがるようにしてクマキチさまの背にきゃあきゃあ叫びながら隠れます。

「た、短気じゃないですよ？」

に、ニコッと頬が引き攣《つ》るのを我慢して微笑むとリリティナは自分の三つ編みを弄びながらこれみよがしに、再びはあっと切なげな吐息を漏らした。

「ほら。短気だっていわれて、いきなり怒っているじゃないですか。クマキチさまも呆《あき》れなすってますよ」

はうあ！

そ、そんな。私としたことがリリティナの奸計《かんけい》にいともたやすくハマってしまうとは……。

「クマキチさまぁ。姉さんがイジメるよう」

あ！　こらっ。アルティナ！　あなた、どさくさに紛れてクマキチさまにひっつくんじゃありませんっ。そこは私だけに許されたポジションなのにぃ。

「お、なんだぁ。アルティナ。こらこら、そこはくすぐったいっての」

ああ、なんとうらやましいことでしょうか。アルティナはめそめそと涙声で鼻を鳴らしながら胡坐《あぐら》をかいたクマキチさまの股の間へと転がり込んでお腹に顔を埋めていた。

「あらら。アルティナは赤ちゃんになっちゃったのかなぁ」

そんなことをいいながらもクマキチさまはアルティナの背中を大きな手でやさしく撫で

ている。

うぐっ。ずるいよう。

でも考えてみると、身体は大きくてもアルティナはまだ十歳。

そんな歳の離れた妹を本気でとっちめるのはやりすぎでしたかね。

本来ならば私のクマキチさまに安易に触れる行為は万死に値するのですが、今回だけは特別ということで目こぼしを致しましょうか。

と、海のように広くやさしい姉の気持ちも知らずにアルティナはこともあろうにクマキチさまの胡坐の上にちょこんと尻を据えると「にやり」と勝ち誇った笑みを浮かべた。

——やはり再教育が必要ですね。

ちなみに第二次姉妹大戦は本気で怒ったリリティナが道具を持ち出そうとしたところで休戦と相成りました。そんなに怒らないでよ。姉さん悲しいわ。

「そんなおバカなこととしてクマキチさまのお気持ちを煩わせる暇があるなら、お夕食の準備はすべて任せますよ」

はい。

「はいじゃないでしょう！」

ううう。私、ちっとも悪くないのに妹に怒られてる。怒られてるよ。

元々クマキチさまや家族のみんなの食事を作るのは私の生き甲斐みたいなものですから、文句なんてないんですけどねー。

けど、リリティナはもうちょっとお姉ちゃんを敬って欲しいよ。

「ねぇさま、あそんでー」

「あしょんでー」

「だっこしてー」

暇そうにしていると、三つ子たちが寄ってきて肩だの腰だのにくっついてきた。

私はララ、ラロ、ラナを順番に抱き上げて頬ずりをすると視線を合わせて「いい子にしてね」とやさしく笑いかける。

末の妹たちはどこか乳臭く体温が高いので、できることならいつまでも抱っこしてあげたいのですが、やることがいろいろあるので難しい。

三つ子たちを並べて座らせると頭をゆっくりと撫でる。

三人は気持ちよさそうに目を細めて小さなしっぽを左右に振った。

それでも不満そうであれば、適宜芋飴を与えると三つ子たちは甘味の快さに打ち震えながらしっぽをくるりんと巻き、床をゴロゴロとのたうち回り出すのです。

見ていてたいそうカワイイし面白いです。

ここが離脱するチャンスポイントですね。重要ですよ。

「ほら、アルティナ。クマキチさまがお腹を空かせてらっしゃるからお夕飯作りますよ。下ごしらえを手伝いなさい」

「ん。クマキチさまのために頑張る」

汲み置きの水で手を洗ってから食事の準備に入る。

冬はもうそこまで近づいているので屋内で作業ができるのはものすごく助かっている。

厳寒の寒空の下で長時間作業するのはきついんですよねー。

けど、クマキチさまが作ってくれた「イロリ」なるものが部屋の真ん中にどでーんとあるのでとっても便利。感謝です。

今日の料理はウサギ団子汁。

作り方はとっても簡単。

まず、ウサギさんのお肉を骨ごと包丁で丹念にえいやえいやと潰します。

それに塩と香辛料を適量、小麦粉を水で練ったものを加えてお団子さんにして、骨髄のスープで煮込めば完成です。

隣を見るとアルティナは額に汗して黙々と調理に没頭しています。この子、姉妹の中でも食いしん坊ですけど、結構勘所《かんどころ》がよいのでなんでも一度見ればパッとおおまかな部分を掴《つか》んですぐになんでもできる器用さがあるんですよね。

それに比べるとリリティナは一見器用そうに見えるんですけど、あんまり物覚えはよくないんで時間をかけて教えても忘れちゃうことが多いのです。

本人もそれを気にして私のいいつけはジッと真剣に聞き入ってすっごーく真面目なんですけど、横であくびしてるアルティナのほうがほとんど聞いてないようでもなんでもパパッとできちゃうから世界というものは理不尽なんですよね。

リリティナは針仕事がちっちゃいころから好きで、母さまが街で仕入れた珍しい柄の服を見せると目を輝かせていつも見入っていました。

今も、ああやって暇さえあれば縫いものをして、冬になっても困らないようにいろいろ小まめに気を行き届かせてくれるのです。

あの子が一番お嫁さんに向いていると思うのですよ。お淑《しと》やかで一途だし、一歩引いたところで自分というものの分をわきまえている。

もし、一族が今も盛況を誇り両親が健在ならばこの子たちはなんの苦労もなくそれなりの地位を持つ夫との元へと嫁げていたかと思うと――。

「どうしたの？」

「え。あははっ。なんでもありませんよ。ちょっと汁物の湯気が顔に当たってぼーっとしただけですから、ね」

私が作業の手を止めたので不審に思ったアルティナが心配そうな目で見上げている。

綺麗な鳶色《とびいろ》の瞳に不安そうな私の顔が映り込んでいた。

いけないいけないけない。

今は裕福だった過去を振り返っても仕方がない。

ここでの生活だって充分に天国だ。

私たちはひとりも欠けることなくあのロムレスの兵隊たちを追い返すことができた。

ニンゲンに恐れてビクビクすることもないのです。

チラとクマキチさまを見ると、視線に気づいたのか小首をかしげています。

「ん。なんだい」

「いえー。とっても美味しいお料理ができあがりますから、もうちょっとだけクマキチさまはララたちのお相手をお願いしますねー」

両腕の骨を折ってしまったクマキチさまに三つ子たちの面倒を見させるのは心苦しいのですが、実際、あの子たちが仕事の邪魔をするのとしないのとでは能率が格段に違ってくるのですっごく助かっています。

「ちがうよ、ねぇさま」

「ラロたちがクマキチしゃまのめんどうをみているんだよっ」

「だよっ」

あらら。どうやら三つ子たちは自分たちがやっていることを一人前の医療行為としてみなしていた。

彼女たちはもそもそとクマキチさまの身体に纏《まと》わりつきながらしきりにあちこちを触って「いたくないですかー」とか「ぽんぽんさすってあげましゅね」とか愚にもつかないことばかりを懸命に行っている。

ララたち三つ子は五歳だというのに、あれほどまでに精神が未成熟なのは戦乱の最中に生まれたこともあってか、両親や私たちが必要以上に甘やかせて育てたのが原因なのです。

それこそ滋養のある食べものが手に入れば優先的に三つ子に与え、よい衣服が手に入れば仕立て直してまず彼女たちに着せた。

小箱に入れて世界の汚いものを一切見せないように長く養育したのは、長い目で見れば問題だったがそうした両親の気持ちはわからなくもない。三つ子たちの両親に対する依存度は相当なものになった。

結果、村を落ち延びて父母と別れるときは壮絶の一語に尽きた。ララたちの悲しみようは、このまま死んでしまうのではないかと思われるほど凄《すさ》まじかった。

けれど、彼女たちも幼いなりに自分の境遇を認識して今日に至ったのは、ひとえにそうしなければならないと本能で悟った部分が大きかったのだろう。

「クマキチさま、すみません。本当にこの子たち、ワガママで甘えっこで」

「ははは。いいさ。俺はララたちが大好きなんだ。面倒を見るのは苦にならないよ」

本当にクマキチさまのやさしさには頭が下がる。ウェアウルフの男というものは、強くて雄々しく頼り甲斐はあっても、概して子供の面倒は女任せというところが大きい。一族を愛していることは、口に出さなくても伝わって来るが、それでもクマキチさまのように実際、ああして自ら面倒を見て芯から愛情をそそいでくれる姿を見れば心が動かないはずがない。

真に強いものは一見惰弱に見えるくらいやさしい――。

強さとやさしさを兼ね備えた男などいるはずがないと思っていた私の狭い了見を見事に突き崩してくれたのがクマキチさまであったことも天の配剤であるとしか思えない。

と、私が敬愛するクマキチさまに思いを馳《は》せている間に鍋も煮えましたね。

お夕食にしましょうか。

「今夜はウサギ団子汁ですよ」

「そういえば、形のあるもの食べるのは久々だな」

実はそうなのです。

クマキチさまは苛烈な戦闘の疲労と傷の痛みで今朝に至るまで長いこと床に臥《ふ》せたり起きたりの生活だった。

その間口になされたのは少々の砂糖水くらいでしたから、もう私は心配で心配で……！　でもでも、今朝、目が覚めてからはお加減はだいぶよろしいようでして。食欲もお出になられたみたいでよろこばしい限りなのですよ。

「たーっぷり召し上がってくださいね。てんこ、てんこ、てんこ盛りで」

私はクマキチさま専用の特大お椀にウサギ団子汁をこれでもかっ！　親の仇《かたき》ですお覚悟をっ！　ってくらいに盛りつけた。

ふうう。お姉ちゃん頑張っちゃいましたよ。

あはは。

さすがの三つ子たちも口をポカンと開けてクマキチさまのお椀の威容を眺めています。

あ、あら？　やりすぎちゃったかしら。

「ねえ、ルル姉さまはバカなの？」

アルティナがじとっとした目で私を見た。

「しっ。姉さんはあれでいいと思ってるんだから」

聞こえてますからね。そこのふたり。お姉さまはバカではありません。失礼な。さ、そこのふたりは放っておいて、ぐいっとやってくださいませ。

あ、あれれ？

「あー、盛り上がってるところ悪いんだがな。うん」

「私としたことが、気づきませんでっ」

クマキチさまは居心地が悪そうに添え木で固められたご自分の両腕をジッと見つめながら困ったように小鼻を蠢《うごめ》かせております。

両手が不自由なのに食事がとれるはずないじゃないですかッ。

ようっく考えてみれば、ここ何日かのお砂糖水はリリティナがお匙《さじ》ですくって口元に運んでおりました。

ううう、不覚です。私ってばなんでこーいうところでポカをするかなぁ。

もうこうなれば不肖このルルティナめがクマキチさまのお食事を手伝わせていただきますっ。

トロトロしていると空気を読まないリリティナあたりが役目を買って出る可能性もありますから、ここはスピードがすべてですよっ。

私は雷光のような素早さで床を回転すると匙を手に取りちゃぷっとお椀から適量を凹《へこ》みに載せて腕を伸ばしました。

「じゃ、クマキチさま。あーん」

ウサギ汁を匙ですくってクマキチさまの口元へとお運びいたします。

きゃ。

やっちゃった。

これってもうふたりは夫婦同然だってみんなにバレちゃいましたよう。

「はぐっ」

――ちょっと待って。

視線を転じるとそこにはいつの間にやらクマキチさまのお膝元に侍っていたアルティナが私が差し出した木の匙を横合いからぱっくりと咥《くわ》えていた。

アルティナはむっちゃむっちゃとよく煮えたウサギの肉団子を咀嚼《そしやく》すると、表情を消したままの顔でいった。

「ん。ほどよく美味しい」

うん。これはまた教育的指導が必要かな。

「ちょっと待った」

アルティナはすっと制するように手を伸ばすと、くいとクマキチさま専用のお椀に顎をしゃくって見せた。いや、だからそういう上から目線がですね……。

「ふたりで給仕を行えばいい。それをクマキチさまも望んでいる」

確かにそれはアルティナのいうとおりです。

姉妹で無駄に争っていてもクマキチさまのお腹は一向に膨れません。

すべてはクマキチさまの御心のままに――！

と、いうわけで私とアルティナはクマキチさまの膝元に侍ると、代わる代わる椀の中身をすくって「あーん」を行った。

ときどきリリティナが「クマキチさまのペースで食べさせてあげなよ」などと不心得なことをいっていましたが無視です。運びます。どんどんばりばり運ぶのです。たくさん食べればクマキチさまのお怪我も早く治るでしょう。

「ちょ――うっぷ、まだ口の中に入って……！」

呆れ返っていたはずのリリティナがなぜかくすくす笑っている。

なんでしょうか。

私はすごく真面目にことをなしているつもりなのですが。アルティナをそっと見る。

「ルル姉さま。リリ姉さまがクマキチさまはこんな程度で音を上げるわけないじゃないですか、という目で見ている」

「ちょ――――！　そんなこといってないっ」

「え、そうなの？　すみませんクマキチさま。今すぐ追加分を作りますので」

ジッとクマキチさまを見上げるとなぜだか視線を合わせてくれません。

なぜでしょうか。少し悲しくなりました。

「ほ、ほどほどでよろしくお願いします」

「はいっ。すぐにでも用意いたしますっ」

昏《くら》い底深の淵を覗き込んでいるようなクマキチさまの虚脱した顔が気になった。

しかしお代わりが煮えれば彼の気持ちもすぐに晴れるだろうと私は腕まくりをして包丁を握るのだった。

あとがき

今から、四、五年ほど前の話。

記憶によれば夏の盛り、八月の半ばくらいだったと思う。

当時（今もだが）山に心をとらわれていた私はアルプスのハイシーズンともあって、南アルプスの仙丈ケ岳と甲斐駒ケ岳を一泊二日でやっつけていた。

長衛小屋近くのテン場に幕営し、一日目は軽く仙丈ケ岳を登って二日目は日の出前にテントを出発し、直登ルートで冷や汗をかきながら甲斐駒ケ岳を余裕でハントし昼前には下りて、撤収し、帰りの北沢峠前のバス停に向かっていた。

前夜からの汗を流すため、途中に寄る温泉の話を山仲間たちと話して歩いていると、前方のバス停付近に集まった人たちがなにやら殺気立っている。

おや、いったいなんだろうとザックを背負い直してさらに進むと突如として遠方にいた小屋の人間らしき方から激しい怒声を浴びせられたのには困惑した。

「来るなっ、来るな――――！」

制止している。

通常、よほどのことがない限り、成人男性がここまで大声を出すことはまずありえない。かなりおっちょこちょいの私はこのときもほとんど危機感を持たずひょこひょこと怒鳴っている道の向こう側にいる小屋の人間に向かって近づいて行った。

なにかをさけるようにして、道の向こう側に固まっているバス停の人垣へとさらに近づこうとすると、かなり大声の持ち主のおっさんはより一層デカい声を出して私を制した。

「クマだっ。クマがそこにいるぞっ！」

いわれておっさんの指し示す方向、路の脇の草むらに視線をやると、そこには私が生まれてはじめて目にする野生のクマがちんまりと座っていた。

同行者と驚愕に固まっていると、小屋番の人たちは爆竹を投げつけクマを山へと追い払ってしまった。

見た感じは、なんかちょっとおっきな犬コロだなーくらい。

ま、正直なところもうちょっと野性味純度百パーセントのクマさんを見物したいと思ったのですが、それは危険に過ぎるのだった。終わり。

これが私のはじめてのクマ体験です。

北海道のクマ牧場は高校生のとき行ったけどノーカンでヨロシク。

いやね。山を何十年やっていてもあまりクマには会えないと諸先輩方には聞いていたのですが、実際会うと結構衝撃的で記憶に深く残るのがクマという存在です。

と、まあ、こんな強烈な原体験が私の根底にあったので、この「シロクマ転生」という作品が書きあがりました。

作者のクマ体験とシロクマ関係ないじゃん！　っていわれれば、それはそうなんですけど、日本にはシロクマいないですしねぇ。私が会ったのはツキノワグマさんですし。

クマは不思議な生き物です。基本、人間からすれば恐怖の対象でしかないんですけど、どことなくユーモラスでかわいい印象があります。ご当地キャラとかにもなってますし。

今回の作品、この「シロクマ転生」はまず主人公のクマキチがパッと頭に思い浮かんで、それからヒロインとその姉妹、というように連鎖的に誕生していきました。

心優しいシロクマになった男とサバイバル能力のないケモノ娘たちの心温まるハートフルストーリー。

そして熱いバトルもあります。

全力投球でいきました。

楽しんでいただければ幸いです。

今回の執筆にあたりたくさんの方にご協力いただきました。

基本的に私の脳内で捏ね繰り回されて生まれたので、苦労をかけたのは主に担当編集さんです。

ぶっちゃけ彼に見い出されなければこの作品は世に出ることはなかったでしょう。

次に生まれ変わったら私はホビージャパンの一部になりたいくらいです。

いや、私が、私の存在そのものがホビージャパンの一部なのだ。

自分でいってる意味がわかりませんが許してください。

この作品はウェブ小説投稿サイト「小説家になろう」というサイトに連載され、稀代の名伯楽である担当編集さまの力、出版社さま、イラストレーターさま、そのほか多くの方々の力で生み出されました。

ウェブ時代から応援してくださった読者の方や、この本をご購入くださったお客さまは私からすれば神のように慈悲深く貴い存在です。ありがとうございます。

なお、今現在「小説家になろう」で私こと三島千廣はシロクマ転生ほか多数の作品を執筆していますので、一読していただければ感謝の極みです。

この本を手に取ってくれた方々に最高の感謝を――。

また、どこかでお目にかかれる日を夢見ています。

魔王に対しての対策本部として
認定されたクリンゲ。
そこには、行方不明の竜族を除く勇者たちが
一同に介していた。
異世界で 15
著／まいん
イラスト／かぼちゃ

個人主義の勇者たちの連携を強化するために
戦闘訓練が開始されるが、
勇者複数相手に訓練をつけられる
人物など限られていて……。
二度目の人生を異世界で 1
コミックス第1巻、大好評発売中!
著:まいん　漫画:安房さとる
キャラクター原案:かぼちゃ
本体価格:600円+税　KADOKAWA・アライブコミックス刊
2017年3月 発売予定!
二度目の人生を

HJ NOVELS
HJN20-1

シロクマ転生 1
森の守護神になったぞ伝説

2017年1月21日　初版発行

著者――三島千廣

発行者―松下大介
発行所―株式会社ホビージャパン
〒151-0053
東京都渋谷区代々木2-15-8
電話　03(5304)7604（編集）
　　　03(5304)9112（営業）

印刷所――大日本印刷株式会社

装丁――木村デザイン・ラボ／株式会社エストール

Printed in Japan

ISBN978-4-7986-1369-7　C0076

ファンレター、作品のご感想お待ちしております
〒151－0053　東京都渋谷区代々木2－15－8
(株)ホビージャパン HJノベルス編集部 気付
三島千廣 先生／転 先生